蒼井美紗
illust. fixro2n

女神の代行者となった少年、盤上の王となる

「ふふっ、そんなに緊張しなくても良いわよ。
セレミースと呼んでちょうだい」
セレミース

「わ、わ、わたしは、レベッカです……
平和の女神様とお会いできるなんて、光栄です」
リュカ
レベッカ

アースィム
「なんだ、それは」

女神の代行者となった少年、盤上の王となる

蒼井美紗

illust.fixro2n

✴ CONTENTS ✴

Megami no daikousya to natta syounen,
banjou no ou to naru

プロローグ

「おい、リュカ！　早くしろ！　本当にお前は無能だな」

俺が所属する冒険者パーティーのリーダーであるアドルフが、こちらを振り返って嘲（あざけ）るような笑みを浮かべた。

「私の荷物を落とすんじゃないわよ」

「見苦しいから、苦しそうな表情をこっちに見せないで」

パーティーメンバーであるジャンヌとロラも、俺を助けようとはせずに言いたい放題だ。

……そんなに言うなら、自分の荷物ぐらい自分で持て！

そう叫びたいが、反抗してパーティーを追い出されたら明日から冒険者として生きていく術を失うので、悔しくてもこいつらに従うしかない。

「……分かった」

全員の重い荷物を何とか抱え、唇を噛み締めて地面を睨みつけながら足を進めた。

冒険者ギルドに到着すると、やっと荷物を少し下ろせる時間がある。三人が今日の依頼を選んでいる間にギルド内の食堂に向かい、そこのテーブルを少し借りるのだ。

今日もいつものようにダンジョン攻略か、それとも森の奥で採取か。

どちらにしてもまた辛い一日が始まったと溜息を何とか飲み込んでいると、アドルフが突然こっちに視線を向けた。

「おい、リュカ。ちょっとこっちに来いよ」

声音が楽しげで、何だか嫌な予感がする。

「何だ?」

平静を装って再度荷物を抱え、アドルフの下に向かうと……目の前に一枚の依頼票を突き出された。

「この依頼の場所。お前の滅んじまった故郷の村の近くじゃねぇか？　ホーンラビットの巣ができてるらしいぜ」

そう言ったアドルフは、ニヤニヤと嫌な笑みを浮かべている。

「……そうだな。それがどうしたんだ」

「それがどうしたって、お前。まさか依頼を受けねぇのか!?　おいおい、故郷の村への気持ちはもう微塵もないってか？　死んじまった家族も悲しんでるだろうなぁ～。唯一生き残った息子が無能の腰抜けだなんてなぁ～」

わざとらしく大声で煽ってくるアドルフに、冷静でいなければいけないと頭の隅では思いつつ、故郷や家族を引き合いに出されては口を開かずにはいられない。

「そんなわけないだろ！　俺は今でも皆を……」

もう四年前、俺が十二歳の頃までしか皆とは一緒に過ごせなかったが、村での日々は今でも鮮明に覚えている。

「そうだよな。じゃあこの依頼、受けるよな?」

「もちろん、受けたいが……」

俺の実力では、到底達成できるような依頼ではない。途中で魔物にやられて死ぬか、何とか依頼の場所まで辿り着けたとしても、ホーンラビットの群れなんて倒せるわけがない。

「俺らの仲間なら、これぐらいの依頼は一人でこなしてもらわねぇと困るんだよなぁ。これもできねぇようじゃ、そろそろリュカはパーティーから抜けてもらうしか……」

「それは、やめてくれ」

俺にソロで冒険者をできる実力はない。

こいつらが俺の無能さを面白がって、馬鹿にするためパーティーに入れたことは分かっている。でもそれに見て見ぬ振りをして、こいつらの仲間でいるしか選択肢はないんだ。

そうまでしてでも、冒険者を続けたい理由がある。

……絶対に、俺の故郷が呪いによって壊滅した原因を突き止めるのだ。呪いの対処をするのは冒険者だから、今の立場を失うわけにはいかない。

「じゃあ、この依頼はリュカが受けるんだな？」

「……ああ。俺が受ける」

三人の荷物を床に置いて自分の荷物だけ持ち、アドルフが手に持つ依頼票を掴んだ。

「リュカ！　私の荷物を床に置くなんて、何してくれるのよ！」

「気が利かない」

横から聞こえてくるジャンヌとロラの言葉は無視だ。さらに心底楽しそうな笑みを浮かべているアドルフのことも視界から排除して、一人で受付に向かった。

「すみません。この依頼を受けます」

受付の女性に手渡すと、依頼は問題なく受理してもらえた。俺は冒険者の等級が最低の五級。そしてこの依頼も五級相当なので、受注を止められることはない。

ここで問題となるのはただ一つ、俺が五級相当の依頼すら一人では達成できないという事実だけだ。

「依頼は二週間以内に達成をお願いいたします。その期間を過ぎた場合は依頼失敗ということで処理させていただきますので、ご了承ください」

「分かりました」

受付の女性から決まり文句である注意事項を聞き、すぐにギルドを後にした。


「リュカ！　ちょっと待ちなさい！」

ギルドを出てそのまま街の外門に向かっていると、後ろから突然手を引かれた。よろめくような形で振り返ったその場所には、眉間に皺を寄せたレベッカがいる。

レベッカは同い年の女の子だ。この街に来た時から何かと気にかけてくれていて、家族も友人も全てを亡くした俺が、唯一大切だと言える存在である。

「本当に一人で行く気なの？」

「ああ、それしかないだろ」

「あんた馬鹿じゃないの⁉」

うわっ……至近距離での大声に、思わず耳を塞いでしまう。

「ちょっと、声が大きいって」

「一人で行くなんて、死にに行くようなものじゃない！」

「……俺は死なないよ。目的を達成するまでは絶対に。それに、レベッカの手料理を食べたから死ねないしな」

昔を思い出しながらそう告げると、レベッカは瞳に涙を浮かべながら俺を睨みつけた。

「リュカは、あの約束を守る気ないでしょ。この前だってアドルフにダンジョン内で魔物と戦わされて死にかけて、その前だって魔物への囮にされたんでしょ。あんなやつらとは縁を切りなさいよ！」

改めてあいつらにやられてることを列挙されると、随分な待遇だな……。

「俺も縁を切れるならとっくに切ってる。でもあいつらのパーティーから抜けたら、冒険者としてやっていけなくなるんだ。俺は、どうしても冒険者でいたいんだよ」

「それならわたしと……！」

「だから、それはダメだって」

レベッカが俺よりもよほど優秀で強いことは知ってるが、レベッカとパーティーを組んで頼りきりになるのは嫌なのだ。

それに万が一危機に陥った時、俺ではレベッカを助けられない。

「レベッカにはお母さんの世話があるし、妹さんもいるんだから。今みたいに安全な場所で狩りをしてるのがいいよ」

「そう、だけど……」

「気持ちは嬉しいよ。ありがとう」

そこでレベッカが黙り込んだので、俺は僅かに笑みを浮かべて口を開いた。

「じゃあ、行ってくる」

その言葉に返事はもらえなかったが、それも仕方がないかと思い外門に向けて足を進めると、後ろから温かい存在に抱きしめられた。

「絶対に、生きて帰ってきてね……」

随分と久しぶりに感じる人の温もりに思わず縋りたくなってしまうが、その気持ちを何とか抑え込んでレベッカの腕を体から離す。

「もちろん」

その言葉に今度こそレベッカからの返事はもらえなかったが、俺は振り返ることなくそのままその場を後にした。

「レベッカの手料理、最近は食べてないな……」

街から出て街道を進んでいる途中、思わずそんな言葉が口から溢れる。最初にレベッカが俺に渡してくれたスープの味は、ずっと覚えている。

あの日は大怪我をして精神的にも落ちていて、本当にレベッカに救われたのだ。

◇

「……っ、いたっ……」

一人の少年が冒険者ギルド近くの裏路地で、見るからに痛々しい怪我を抱えながら座り込んでいた。

「はぁ……何で俺は強くなれないんだろう」

呟かれた言葉には悔しさが滲んでいて、唇はキツく噛み締められている。そんな少年のところに、一人の少女がずんずんと大股で地面を踏みしめながら近づいた。

「これ、あげる」

「何よ！　わたしの作ったご飯はいらないっていうの⁉」

少女の言葉に少年は驚き、少女をじっと見つめた。

「いや、ち、違うけど……何でくれるんだ？」

「理由なんて何でもいいでしょ！」

「えぇ～……」

少年は困惑しながらも、少女が持つ器から漂う匂いに抗えず、ゆっくりと手を伸ばした。

「ありがと。これ、レベッカが作ったの？」

「そうよ。リュカがボロボロになってたから、親切なわたしが持ってきてあげたの」

照れ隠しなのかそっぽを向きながらそう言ったレベッカの言葉に、リュカは笑顔になる。

「ん、美味いな」

「当たり前でしょ。……それよりも、リュカってわたしの名前を知ってたのね」

「それはまあ、同い年の冒険者ってほとんどいないし。それよりもレベッカこそ、俺には興味ないと思ってたんだけど」

「……別に、興味ないわけじゃないわよ。というか、毎日ボロボロになって帰ってくるんだから嫌でも目につくでしょ」

レベッカのその言葉にリュカは自分の姿を見下ろし、苦笑を浮かべるとまたスープを口に運んだ。

「……リュカは何で冒険者になったの？　メルイコ村の生き残りなんでしょ？」

「ああ、レベッカはメルイコ村の悲劇を知ってる？」

「……村が呪いに襲われて、リュカ以外の村人が全員死んじゃったって……」

「そう。俺はその呪いの原因を知りたいんだ。俺のことを助けてくれた冒険者が、呪いは魔物しか持ってないのに、村には魔物の痕跡が一つもなかったって教えてくれた」

その話をするリュカの表情は、真剣そのものだ。レベッカはそんなリュカの様子を見て、下手に口を挟めないと思ったのか、膝を抱えて顔を俯かせる。

「呪いの原因を知るには、冒険者じゃないといけないの？」

「いけないわけじゃないだろうけど、冒険者が一番真実に近づけると思う。呪いの魔物の討伐は冒険者がやるし、ダンジョンに何かヒントがあるかもしれないし」

「そっか……でも、だからと言ってあんな人たちのパーティーに入ることないのに」

「仕方ないよ。あんな人たちしか俺を仲間に入れてくれないんだから」

「――リュカは弱いもんね」

レベッカのストレートな言葉に、リュカは怒ることはなく苦笑しながら頷いた。

「本当になぁ～。何でこんなに強くなれないんだろ」

「必死に頑張ってるのにね」

「え、知ってるの⁉」

努力しているところを見られるのが恥ずかしくて夜遅くや早朝に鍛錬をしていたリュカは、まさか見られているとは思わずに顔を赤くした。

「……あんなに鍛錬してるのに魔物一匹も倒せないとか、ダサいよなぁ」

「別にダサくはないと思うけど……カッコいいよ」

「え、何？　なんて言った？」

「……確かにって言っただけ！」

レベッカは恥ずかしさを誤魔化すように叫びながら立ち上がると、リュカの手から空になった器を取った。

「じゃあリュカ、私の手料理を食べたんだから絶対に死んじゃダメだからね！」

「え、そういうのは普通食べる前に言わない？」

「約束！　守ってよ！」

一方的な約束の押し付けだったが、リュカはその言葉が凄く嬉しくて、思わず笑みがこぼれた。

「ははっ、なんだよそれ。でも分かった、約束な」

◇

「死ぬわけにはいかないいな」

昔の記憶を思い出したことで、改めてその気持ちが強くなった。

とりあえず依頼を達成しなくても、アドルフが納得すればいいのだ。そのためにはホーンラビットの巣の正確な位置と、せめて一匹分の角があればいいだろう。

深追いはせず、命を大切に、自分の力量を過信せずに頑張ろう。

そう決意すると、腰に差してある剣に手を添えて、人通りが少なくなってきた街道を慎重に進んだ。

第一話・平和の女神

王都を出てから三日後の早朝。やっと村に辿り着いた。本来なら徒歩で一日半ほどの距離なのだが、俺の体力では倍も時間が掛かってしまった。

しかしここまで無事に辿り着けたのだから、俺としてはかなり頑張った方だろう。

「懐かしい景色だな……」

あの事件が起きてから、初めて村にやってきた。

朽ちた木材しかない村の光景には寂しさも湧き上がってくるが、思っていたよりも静かに現実を受け入れられている。

それどころか昔の楽しかった思い出が蘇って、皆に背中を押されているようだ。

「ここまで来て良かったかもしれない」

だが、これからが問題だ。

確か依頼票に書かれていた場所は、村の裏山付近だった。幼少期はよく父さんと入っていた山だが、もう獣道も残っていないだろう。

あの頃は魔物なんてほとんどいなかったが、ホーンラビットの巣ができるほどということは、別の魔物もいる可能性が高い。気を引き締めていこう。

気合いを入れ直してから山の入り口に向かい、道なき道に足を踏み入れた。剣を使って草木をかき分けながら、周囲を慎重に確認していく。獣や魔物がいるような痕跡はないな……。

それからもしばらく山の中を進んでいると、瞳にふと気になるものが映った。

「あれは何だ？　……何かの像、とか？」

横倒しになって地面に半分ほどが埋まったその像には、苔がびっしりと生えていて、蔦なども巻き付いている。

山の中に何かの像があった記憶はないんだが……そう思いつつ気になって近づいてみると、何となく神様を模した像に見えた。俺は別に信心深くないが、神様の像がこんなところに放置されてるのは良くないんじゃないだろうか。

「綺麗に……するか」

像に手を伸ばして地面から掘り出すと、思っていたよりも大きな像だった。巻き付いた蔦と苔をあらかた取り除くと、この像が女神像だと分かる。

これ以上は水で洗った方がいいな。確かこの山には小川があったはずなんだが……。

「そこまでは、引き摺るしかないか」

さすがにこの像を持ち上げるのは無理だ。

不敬かなと思いつつ手が引っかかる首部分に思いっきり力を入れると、少しだけ像が動いた。意外といけるかもしれない。

それから数十分後、目の前には昔と同じように流れる綺麗な小川があった。

「懐かしいな」

変わらない光景に気持ちが穏かになり、気合を入れ直して像に向き合った。

数十分の格闘の末、薄汚れた像を綺麗に輝かせることに成功する。達成感を覚えながら綺麗になった像を川から引き上げ、最後の力を振り絞って河原にあった平らな岩の上に設置した。

「これって、何の女神様なんだろう？」

どこかで見たことがある気もするが、思い出せない。でもせっかく綺麗にしたんだし、祈っておくか。

そう思って像の前に跪き、慣れない祈りの体勢を作ったところで――

――突然、目の前が真っ白に染まった。

数秒ほどで光が収まったので恐る恐る瞳を開くと、そこには……この世のものとは思えないほどに美しい女性がいた。

綺麗な銀髪に薄い水色の瞳が目立つその女性は、俺の顔をずいっと覗き込むと突然瞳を潤ませる。

「助け出してくれた人間が、貴方のような心優しき者で良かったわ。あなたはこの世界の救世主よ。平和の女神である私のことを救ったんだもの」

突然の事態に全く頭が働かず、口を開いたり閉じたりするだけで何も言葉が出てこない。

えっと……どういうこと？　これって夢、なのか？　それとも自分では自覚できないほどの一瞬で魔物に襲われて、ここはあの世なのだろうか。

でもそれなら救世主だったり、女神様を救ったなんて話は出てこないだろう。というかさっきの言葉から考えると、この目の前にいる人って平和の女神様？

「突然のことで驚いているのかしら？」

目の前の女性が心配そうに表情を変化させたのを見て、とにかく何かを話さないといけないと

思い口を開いた。

「あ、あの……何が何だか、よく分からないのですが。俺は死んだの、でしょうか？」

「いいえ、あなたは生きているわ。混乱させてごめんなさい。助けてもらえたことが嬉しくて気が急いたわね。しっかりと説明するわ。――私は平和の女神セレミース。数百年前に破壊の神の眷属によって神像をこの山の中に捨てられて、それからずっとここで助けてくれる者が来る時を待っていたの」

なんだかその話、まだ母さんが生きていた時に物語として聞かせてくれた話に似ている。もしかしたらあの神様同士の争いの話って、実話だったりするのだろうか。

「神は直前で神像に触れてくれた人間しか神域に呼べず、眷属にもできないのよ。さらに神が直接下界に干渉することもできない。だからずっとここに捨てられた神像に、気づいてくれる人間が現れるのを待っていたの。本当にありがとう」

「はぁ……あの、お役に立てたのならば、良かったです」

これが現実なのか夢の中なのかも分からず曖昧(あいまい)な返答をすると、それでもセレミースと名乗った平和の女神様は優しげな笑みを見せてくれた。

「それで突然なんだけれど、貴方……私の眷属にならない？」

眷属……眷属か。え、俺が眷属になるの⁉

「ど、どういうことですか⁉」

あまりにも突然の提案に、今までは平和の女神様と会話をしているという衝撃でぼーっとしていた頭が一気に覚醒した。

眷属という存在がいることは知っている。歴史上数人しか神の眷属として名を馳せた人はいないが、その数人に関しては物心ついた者なら誰でも知っているほどに有名だ。

なぜなら全員が例外なく、圧倒的な力を持っていたから。

大災害から世界を救ったとか、ダンジョンから溢れた魔物によって滅びかけた国を助けたとか、災害級の魔物を一人で討伐したとか、そんな逸話がたくさん残っている。

俺とは最も遠い存在の人たちだ。そんな眷属になるなんて……絶対に無理だろう。

自慢じゃないが、俺は普通の人なら楽々一人で討伐できる魔物に殺されそうになる男だ。

「神は一人だけ眷属を選ぶことができるのだけれど、私は貴方に眷属になって欲しいわ。私のことを助けてくれた、心優しい貴方は平和の女神の眷属にぴったりでしょう？」

女神様はパチンとウインクをして、さもそれが正解だとでも言うような雰囲気だ。

「いやいや、あの、俺には無理です！　俺は本当に何もできないんです。いくら努力してもダメで。冒険者として底辺の俺が、女神様の眷属なんて……」

説明しながら自分の無能さを再度認識することになり、落ち込んでどんどん声が小さくなっていった。

しかしそんな俺の懸念を、女神様は一言で解決する。

「心配いらないわ。眷属になれば特別な力が与えられるから強くなるもの」

「……そうなの、ですか？」

「ええ、元の能力なんてほとんど関係がなくなるほどに強い力よ。少なくとも普通の人間なんかじゃ絶対に太刀打ちできない。災害級の魔物とだって互角に戦えるわ」

――それが本当なら、女神様の眷属となれば無能な自分と決別できるってことだ。

あの悲劇の真実を、探る力を得られるのだろうか。

ここが自分の人生の転換点になると悟り、緊張で手が震えた。

「……ほ、本当に、俺を眷属に、していただけるのでしょうか？」

「もちろんよ、貴方が望むならば。ただ特別な力が与えられるとはいえ、危険も伴うことは理解して欲しいわ。他神の眷属と争うこともあるかもしれない」

他神の眷属と……そんなことがあるのか。でも何かの願いを叶えるためにリスクが伴うのは仕方がないことだ。俺はそれを受け入れてでも、強くなりたい。

「たとえ危険があるとしても、眷属になることを望みます」

その言葉を聞いて、女神様はふっと表情を和らげた。

「では最後に一つ、眷属となったら私の志に共感して達成の手助けをして欲しいの。私の目指す場所は世界平和よ。貴方は平和が嫌い？」

平和……それが嫌いな人なんているのだろうか。俺の村に起きたような悲劇がない、平和な世界。そんな世界を目指せるのなら手助けをしたい。いや、させて欲しい。

「嫌いじゃないです。とても素敵な志だと思います」

「ありがとう。では貴方を私の眷属にしましょう。貴方の名前は？」

「リュカです」

「リュカ、これから私の神力を貴方に流すから、抵抗せずに受け取りなさい」

女神様のその言葉を聞いた直後に、温かいものが体全体を覆うのを感じた。

その温かさから逃げようとせずに身を任せていると……その温かいものが体内へと入り込んでくる。

そしてしばらくすると、温かさを感じなくなった。しかし体が確実に変化したというのは分かる。

「これで貴方は私の眷属になったわ。リュカ、これからよろしくね」

「こちらこそ、よろしくお願いします！」

差し出された平和の女神様の手に恐る恐る自分の手を重ねると、女神様の手は……なんだか爽やかな風に触れるかのような不思議な感触だった。

「ではリュカ、こちらに座りましょう」

女神様に手を引かれて勧められたのは、見るからに高そうなソファーだ。腰掛けると体全体が包み込まれるような感覚で、思わず「ほぅ……」と息を吐き出してしまう。

ここはどこなんだろうか。周囲を見渡すと綺麗な草原がどこまでも広がっていて、俺たちがいるのはソファーとテーブルがあるおしゃれな東屋だ。

向こうには何か建物があるのも見える。家というよりも倉庫、だろうか。

「さて、まずは色々と説明をしようと思っていたのだけれど、その前に一つ話があるわ。リュカ、貴方は呪いを身に宿していたけれど、気づいていた？」

平和の女神様は真剣な表情で俺の顔を覗き込んだ。

呪いを身に宿していたって……俺は、ずっと呪われてたってことか？

「……初めて知りました」

「そう。でもこの呪いは結構強いものよ。何かしら自覚があったはずなんだけれど……例えば魔力が封じられているとか、体力が落ちたとか、筋力が発達しないとか」

女神様のその言葉を聞いて、体に雷が落ちたような衝撃を受けた。もしかして俺が何をしてもダメだったのって、呪いのせいだったりする⁉

「あ、あの、俺は魔法が全く使えませんし、いくら鍛錬しても人並みにもなれませんし、剣だって何千回と素振りをしても上達しなくて……それってもしかして」

「呪いのせいね」

――やっぱり、そうなのか。

原因が分かって喜べばいいのか、呪われていたことを悲しめばいいのか分からない。

多分その呪いって、村が壊滅した時の呪いだろう。なんとか生き残ったとは言っても、やっぱり影響はあったのか。

「俺は、メルイコ村の生き残りなんです。今から約四年前に村は突然襲ってきた呪いによって壊滅して、俺だけ生き残りました」

あの時の光景は今でも覚えている。黒くて嫌な気配を放つモヤが、村全体を襲ったのだ。

襲われた時には何が何だか分からず、後々に村の調査をした冒険者から呪いだと教えてもらった。呪いは人の命を蝕むだけでなく、植物や物にまで影響を及ぼすからすぐに分かるらしい。

「それって……私の神像が捨てられた山の麓にあった村かしら？」

「そうです！　知っているのですか⁉」

まさか女神様にあの村が認識してもらえていたとは思わず、身を乗り出してしまった。

「ええ、その村の人間が神像を見つけてくれないかと思って、たまに見ていたのよ。でもある日突然誰もいなくなっていて……そう、呪いだったのね」

女神様は鎮痛な面持ちで少しだけ顔を伏せた。

「でもあの場所でそんなに強い呪いなんて、おかしいわ。呪いを纏う魔物はあの辺りにいないはずよ」

「そうなんです。実は村の調査をした冒険者に、呪いであることは確実だけど魔物の痕跡はなかったと言われていて」

「そうなのね……呪いによって壊滅したのに魔物の痕跡がないだなんて、とても不思議だわ。呪いは基本的に魔物によるものだけれど、もしかしたら何かの例外があるのかしら」

女神様は難しい表情で考え込んだ。

やっぱり何か別の原因で村が壊滅した可能性も高そうだな。

「俺は村が壊滅した原因を探ろうと思っています。……眷属となっても調査を続けていいでしょうか？」

「もちろんよ。応援するわ。平和の女神としても、呪いというのは少し気になるもの」

「ありがとうございます！　あっ、でも俺って呪われてるんですよね？　呪われてる人間が、女神様の眷属になれるのでしょうか……」

せっかく手にしたと思った幸運を逃す可能性に落ち込みながら問いかけると、女神様は軽い口調で肯定してくれた。

「もちろんよ。呪いなんて眷属となった時点で消えるもの。神力の方が呪いを上回るのは当然でしょう？」

「え……呪いはなくなったのですか？　もしかして、俺って強くなったんでしょうか？」

「ええ、以前よりは確実に」

「た、試してみてもいいですか⁉」

ソファーから勢いよく立ち上がると、女神様は優しく微笑んで頷いてくれた。

さっそく腰に差してある剣を抜いて、いつものように構えをとる。

この剣を使いこなせることはなかったが、必ず持ち歩いて毎日鍛錬をしていた。呪いが解けて鍛錬の成果が少しでも現れているのなら……。

緊張しながら剣を一振りすると、思っていた何倍もの速度で、鋭さで、ブレなさで、剣は綺麗に振り下ろされた。

「今までいくら鍛錬しても、剣をまともに振り下ろすこともできなかったのに……」

「あら、良い剣筋ね。毎日しっかりと鍛錬していたのが伝わるわ」

女神様のその言葉を聞いて、瞳から一気に涙が溢れた。

今までの努力が無駄じゃなかったと分かって、本当に、本当に嬉しい。

「あ、ありがとう、ございます……っ」

「私は貴方を眷属にして呪いを解いただけ。貴方の剣の実力は今までの努力の賜物よ」

それから俺は思った通りに動く体が、自分の思い通りに扱える剣が嬉しすぎて、数十分にわたって剣を振り続けた。

皆はこんなに軽い体で動いてたのか。こんなに腕に力が入ったのか。こんなに足に力が入って踏ん張ることができたのか。

今ならなんだってできる気がする。魔物にだって、これなら勝てる。

レベッカに早く伝えたいな。やっと努力が報われたことを。

「女神様、ありがとうございます」

「ふふっ、凄く嬉しそうね。リュカ、私のことはセレミースと呼んで良いわよ」

「分かりました。セレミース様、これからよろしくお願いします」

それからも興奮は収まることがなく、疲れて動けなくなるまで剣を振り続けた。

やっと動きを止めた時には、息が上がりポタポタと汗が垂れていて、セレミース様の前にいるには相応しくない格好だ。

「あの……本当にすみません。一人ではしゃいでしまって」

「大丈夫よ。嬉しそうな貴方を見ているのは楽しかったわ」

「……それなら、良かったです」

セレミース様の見守るような温かい目が恥ずかしく、照れ臭くて少し視線を下げた。

「ではリュカの休憩も兼ねて、そろそろ色々と説明をしましょうか」

「はい。よろしくお願いします」

またさっきのソファーを勧められて腰掛けると、セレミース様がゆっくりと口を開く。

「まずはこの場所だけれど、ここは神域と呼ばれる場所よ。神がそれぞれ持っている空間で、私が許可を出した者しか出入りできないの」

この不思議な空間は神域って言うのか。神の領域だなんて、改めて凄いところにいるな。

「リュカは眷属となったことによって、この空間には自由に出入りできることになったわ。それが〝神域転移〟という眷属になって得られる能力の一つね」

そういえば、眷属になると強い能力がもらえるんだったな。

呪いが解けたことに感動して忘れていた。今の状態でも相当強くなったのに、これ以上強くなれるなんて想像できない。

「発動方法については後で試してもらうとして、細かい能力の内容について説明するわね。まず神域転移の発動については、回数の制限などはないわ。いつでも何度でも神域に来ることができて、あなたたちが普段暮らしている下界に戻ることも可能よ。そしてリュカ以外に数人までならば、別の人間も神域に連れて来られるわ。ただ人間は最大で一日しか連続で神域には滞在できないことと、神域に入った場所にしか戻ることはできないこと。この辺が不便なところね」

回数制限なくいくらでも行き来できるなんて……本当に凄い能力だ。

それに別の人間も連れて来られるということは、仲間と一緒に神域を使えるということだ。魔物に襲われそうになったら神域に逃げたり、夜を明かす時に野営をせずに神域で安全に過ごしたり、そういう使い方ができる。

これほど使える能力だと、もう不便な点なんて些細なことだろう。

「他にも便利な使い方ができて、なんて言えば良いのかしら……どこからでも収納と取り出しが可能な、劣化しない機能がついた倉庫になるのよ」

「それは、どういうことですか？」

「下界の物を神域に持ち込むと、神域にある限りその物は一切劣化しないの。だから例えば討伐した魔物素材を神域に持ってくれれば、その魔物はいつまでも倒されたその瞬間のまま保存が可能よ」

セレミース様のその説明を聞いて、自分の耳がおかしくなったのかと疑った。

「一切劣化しないなんて、そんなことがあり得るのですか……？」

「ええ、神による力だもの」

確かにそうか……こんなふうに話せているが、普通は姿を見ることだって叶わない存在だ。改めて自分が凄い存在になったことを実感し、思わず身震いした。

「あとで試してみると良いわ」

「分かりました」

「では次の能力だけれど、〝神力魔法〟という能力よ。この能力と先ほどの神域転移が、全ての神の眷属に共通の能力なの。神力魔法は端的に言えば、魔力量に制限なく全属性の魔法が使えるようになるということね」

全部の属性を魔力量の制限なく……？　俺はまたしても自分の耳を疑った。

この世界の魔法は火、水、風、土、雷、氷、光、闇と属性が分かれていて、生まれつき持っている属性の魔法しか使うことはできず、さらには魔力量に応じた規模の魔法しか使えない。

それを制限なく全て使えるなんて、あまりにも強すぎる。

「最強、すぎませんか？」

「ふふっ、神の眷属なのだからこのぐらいは当然よ。それに最強というわけではないわ。なぜなら同じ能力を持つ者が、世界中に最大で十人いるのだから」

そうか、この世界には全部で十柱の神様がいる。それぞれに眷属がいると考えたら、眷属も十人いることになるのか。

歴史的に名を馳せた眷属は数えられるほどしかいないから、たくさんいるというイメージがなかったが……セレミース様の口ぶりからして、今この瞬間にも俺以外の眷属が何人もいそうだ。

「今までは意識したこともありませんでしたが、凄い人はたくさんいるのですね」

思わず他人事のように呟くと、セレミース様に「あなたもその凄い人の一人になったのよ」と笑われてしまった。

分かってはいるが、さすがにまだ実感が湧かない。

「では次が最後の能力ね。最後の能力はそれぞれの神の固有能力みたいなもので、平和の女神である私の能力は〝仮初（かりそめ）の平和〟よ」

仮初の平和…。言葉からだと、どんな能力なのか全く分からない。

「これは他人から受けたダメージを移動できる能力なの。例えばリュカが負ったダメージを抽出して他人に移したり、他人からリュカ、他人から他人も可能よ。一度使うと十分間は使えなくなることと、五分以内に抽出したダメージを誰かに移さないと爆発すること。この辺がデメリットかしら。ただ爆発は使いようによって攻撃にもなるわ」

おおっ……おお？　それって強いのだろうか。凄い力ではあるだろうが、五分経ったら防ぐ術なく爆発するなんて、使い勝手が悪そうだ。そして何よりも平和の女神様の能力なのに、なんで仮初の平和なんだ？

もっと平和創造や完璧な平和など、平和の女神様に適した名前がありそうなのに。

「あの……仮初の平和って、セレミース様が作られたのですか？」

その質問で俺が疑問に思っていることが全て伝わったのか、セレミース様は苦笑を浮かべつつ首を横に振った。

「神の固有能力は、創造神様が与えてくださったものなのよ。下界の者が知っている十柱の神の上には創造神様がいらっしゃるの」

神様よりもっと上の存在がいるのか……。

「世界のバランスが崩れるような能力は創られないし、神々の固有能力のバランスも考えていらっしゃるから、全てを一瞬で解決できるような能力は神の固有能力とならないのよ」

そういうことか……それなら納得だ。

「仮初の平和という名前も、創造神様が決められたのですか？」

「いいえ、そこだけは私が決めたわ。この言葉を選んだ理由は……言うなれば私への戒めね。平和を実現させたとしても、それが永遠に続くなんてことはあり得ないのだということを忘れないように」

「理解できました。ありがとうございます」

「良かったわ」

「能力を使いこなして、セレミース様のお役に立てるように頑張ります」

こんなに凄い能力を与えてもらったのだからと気合を入れて宣言すると、セレミース様は優しく微笑んでくれた。

「期待しているわ。では能力についての話はここで終わりよ。最後にこれからの連絡方法と神像の扱いについて話をして、この場は終わりにしましょう。色々と話をしすぎても覚えられないでしょうから」

　セレミース様のその言葉を聞いて、ほっと安堵して体の力を抜いた。もうすでに記憶が曖昧になりかけていたのだ。

「まずは私とリュカの連絡方法についてだけれど、これに関してはいつでもどこでも自由に連絡可能よ。リュカ、心の中で私に話しかけてみてくれる？」

「分かりました……え、何だこれ」

　声には出さずにセレミース様と呼びかけたら、その直後に頭の中で『何かしら？』と声が響いた。

『聞こえているでしょう？　これが下界に戻ってからもできるから、いつでも会話が可能よ』

「凄いですね……では何かあったら連絡させていただきます」

「ええ、私からも色々と連絡すると思うから、忙しくなければ答えてね」

「分かりました。そういえば、セレミース様は下界？　の様子って見えるんですか？」

　その質問を受けて、セレミース様は東屋の中にある大きな水瓶の前に俺を連れて行ってくれた。そしてどこから取り出したのか分からない杖で水面を軽く叩くと、下界の様子が映し出される。

「これで世界中のどこでも見ることができるわ」

　さすが神様だ……本当に凄いな。これが現実だという実感が少しずつ深まるにつれて、女神様がさらっとこなす一つ一つの能力の異質さが分かる。

「今映ってるのって、さっき俺が綺麗にした像ですよね？　神像でしたか？」

「そうよ。神像は一柱につき一つだけの、神にとってとても大切なものなの。生の女神や愛の女神のように教会に祀られてる神像もあるのに、私のはこんなところに放り出されてるのよ。それもこれもあの馬鹿な破壊の神が……！」

破壊の神にやられた過去を思い出したのか、セレミース様の表情が途端に激しい怒りに染まる。俺はそれを見て、本能的に話を逸らさなきゃまずいと悟って口を開いた。

「あ、あの！　神像は移動させた方がいいですか？」

セレミース様に破壊の神の話は禁句だな。本当に仲が悪そうだ。

「そうねぇ、とりあえずは神域に持ってきてもらおうかしら。いずれはしっかりと教会に祀って欲しいけれど、あの神像が本物だということが他の神やその眷属にバレるのは避けたいのよ。そのうち良い場所が見つかったら移動をお願いするから、それまでは神域で保管するわ」

「分かりました」

「さて、話はこのぐらいにしましょうか。眷属としてやってもらいたいことについては、その時その時に説明をするわね。とりあえず、私からの頼みがない限りは貴方の好きに動いてくれて構わないわ」

「そうなのですか？　ありがとうございます」

好きに動いていいのなら、やりたいことがたくさんある。

まずはアドルフたちのパーティーを抜けて、冒険者の等級を上げたい。レベッカにも報告したいし、この力を使って様々な依頼を受けてみたい。そしてもちろん、呪いの調査も。

「では、リュカを下界に戻しましょうか。……いえ、せっかくならば自分で戻ってみた方が良いかしら。リュカ、神域から下界に戻るには神域転移を使えば良いのだけれど、使えるか試してみてくれる？　今まで眷属になってくれた子たちの話を聞いた限りだと、隣にある別次元に足を踏み入れるようにすると簡単にできるらしいわ」

「隣にある別次元……」

そう言われても難しい。目には見えないけど隣り合ってるみたいな感じだろうか。

神域と下界が僅かな差で隣り合っていて、そこを乗り越える能力を手にした。俺が今いるのは神域で、下界に戻りたい。

そんなイメージを頭の中で固めていくと、なんとなく体がふわっと浮くような軽くなるような感覚があり——一歩踏み出したら、一瞬で裏山の小川に戻っていた。

辺りをゆっくりと見回してみると、神域に行く前と全く同じ光景がそこにある。

さっきのが全て夢だったなんてことは……そんな不安を抱き、頭の中でセレミース様に話しかけてみた。

『セレミース様、無事に下界へ戻れました』

『ええ、今ちょうど水鏡で見ていたわ』

おっ、返事が来た。ということは……さっきのは夢じゃないのか。

「本当に俺は神の眷属になって、強くなれたんだ」

『リュカ、まずは神像を神域に持ってきてもらえるかしら？　触れてさえいれば、一緒に移動が可能よ』

『分かりました。やってみます』

目の前にあった神像に手を添えて、恐る恐る神域転移を発動すると……また一瞬のうちに神域へと戻っていた。

「これって、毎回この場所に降り立つことは決まっているのですか？」

「ええ、そこは変えられないわ。神域に来る時は東屋の中で、下界に戻る時は神域へと入った場所に戻る。それが決まりよ。だから一つだけ気を付けて欲しいのだけれど、討伐した魔物だけを神域に送ると、その場所に魔物が積み上がることになるの。短い時間ならば構わないけれど、できる限り早く片付けて欲しいわ」

討伐された魔物が積み上がるなんて、せっかくの綺麗な景観が台無しだ。

「できる限り魔物だけ送るのではなく、俺が一緒に来ます」

「そうしてくれるとありがたいわ。向こうにある倉庫は好きに使って良いから、魔物はあちらに保管をお願いね」

「分かりました。倉庫はいくつもありますが、どれでもいいのでしょうか」

「魔物の保管は一番手前の倉庫よ。その奥は歴代の眷属たちが荷物の保管に使っていたものなの。多分中に荷物が残っているんじゃないかしら」

歴代の眷属たちが保管していた荷物……凄く興味がある。歴史的な大発見になるものがありそうだ。

「ふふっ、倉庫の中身はリュカが自由に使って良いわよ」

荷物に興味を持っていることが分かったのか、セレミース様は苦笑を浮かべつつそう言ってくれた。

「ありがとうございます」

あとで時間がある時にじっくりと見て回ろう。

それから神像をセレミース様に託して、また神域転移を発動させて下界に戻った。足に地面の感触を覚えたところで、すぐにセレミース様の声が聞こえてくる。

『リュカ、下界に降り立つ時は、必ず水鏡で誰もいないかを確認してからにした方が良いわ。誰かに見られてしまったら、眷属だということがバレてしまうもの』

『確かにそうですね。気を付けます』

……あれ、でもよく考えたら、なぜ眷属だってことを隠さないといけないのだろうか。

セレミース様が眷属は同時期に最大十人いると言っていた。しかし今までの歴史で名を馳せた眷属はたった数人程度。ということは、俺以外の眷属たちも正体を隠してるということだ。

『セレミース様、眷属だということが周りにバレるとデメリットがあるのですか？』

『ええ、色々と。まずはとにかく騒がれて普通に暮らせなくなるわ。大多数の者からは崇められて、一部の者からは疎まれて命を狙われるでしょう。例えばリュカが眷属として権力を得たことによって、逆に地位を下げた者などからね』

確かに言われてみると、大変な事態は避けられないか。

『さらに神の眷属ということを公にすると、その神をよく思っていない他の神の眷属に狙われる可能性が高まるのよ。例えば私の眷属なら、まずは破壊の神の眷属ね。また死の神は全ての神を嫌っているから、狙われる可能性が高いでしょう。他にも私と相性が悪い神はいるわ』

『分かりました。できる限り眷属ということは公にしないように気を付けます』

心に誓ってそう宣言すると、セレミース様の優しい笑い声が聞こえてきた。

『怖がらせてごめんなさい。でもその決意があるのとないのとじゃ大違いよ。その上で、例えば大切な仲間に打ち明けたいとか、眷属としての能力を使わないと大変なことになってしまう場面に遭遇したとか、そういう時はリュカの判断に任せるわ』

『ありがとうございます。しっかりと見極めます』

そこでセレミース様との話は終わり、さっそく神力魔法を使えるのか試してみることにした。

今まで魔法が使えたことはないから、どの属性魔法を使っても初めての経験だ。

そういえば、今まで魔法を使えなかったのが呪いのせいだったのなら、もしかしたら十二歳以前は使えたのかもしれないな。子供の魔法使用は成長に悪影響があると言われ、使い方も教えてもらえなかったから使ったことはなかった。

もし子供の頃に一度でも使っていたら、呪いに気づけたかもしれない。

……まあ、今更言っても仕方がないことか。

自分の頬を少し強めに叩いて気持ちを切り替えると、一番の憧れだった火魔法を使ってみることにした。

「ファイヤーボール」

憧れから使い方だけは完璧に理解していたファイヤーボールを放つと、無事に魔法は発動した。

しかし手のひらから出た大きな火球は、小川に向かってかなりの速度で飛んでいき、川の水を方々に撒き散らす。

「……なんだこの威力」

川底が削られて姿を変えた小川を見つめながら、あまりにも予想外な威力に呆然としてしまった。

『あら、上手いじゃない。しっかりと魔法の理論を理解しているのね』

『……あの、威力が強すぎませんか？』

『神力魔法は魔法でできる範囲のことしか再現できないけれど、裏を返せば魔法でできる範囲のことはいつでも最大が出せるということよ。ファイヤーボールはもう少し威力を強くできると思うわ』

これよりも強くできるのか……ちゃんと威力の調節もできるようになろう。魔法を暴発させて周囲を巻き込むのは本意じゃない。

『他の属性魔法も試してみます』

小川から少し離れたところで大木を的に魔法を試すと、全ての属性魔法を試し終える頃には何本もの大木がバラバラの木片となっていた。

「俺がやったってことが、信じられないな」

『リュカ、凄いわね。全部の属性魔法を知っているなんて』

『使えなくても興味はあって、冒険者ギルドにある本で学んでたんです』

無能な俺がそんな本を読んだって意味がないと笑われながらも読んでいたが、あそこで学ぶのを止めなくて良かった。

『次は剣を試してみます』

素振りはさっきしたから、動物がいるといいな。

そう思いながら山の中をしばらく移動していると、ガサガサッと草が動く音が聞こえた。そして次の瞬間には、視界の端に巨大な茶色の塊を捉えることができた。

あれはボア……じゃない!? ビッグボアだ!!

「動物じゃなくて最初から魔物とか……！」

動物は魔法を使わない獣だが、魔物は魔法を使いこなす獣だ。

思わず今までの癖もあり、ビッグボアに背を向けてみっともなく逃げ出してしまった。

自分が強くなっていることは頭では分かっているのだが、どうしても魔物に何度も殺されかけたここ数年の記憶が甦る。

『リュカ、貴方はビッグボアになんて負けるわけがないわよ？』

『分かってるんですが、体が勝手に……！』

『背を向けた方が危ないわ。覚悟を決めなさい！』

セレミース様の強い口調が頭の中に響き、逃げている自分が情けなくなる。

無能なりに気概だけはなくさないようにと、成果が出なくても毎日必死に鍛錬してきたのだ。この場で逃げたら過去の自分に申し訳が立たない。そう思った俺は、震える手で剣の柄をキツく握りしめた。そして意を決して後ろを振り向く。

するとすぐ近くまでビッグボアが迫ってきていて……ビッグボアに何千回、何万回も練習した剣での受け流しを試みた。

今までは上手く受け流せずモロに攻撃を喰らったり、魔物に剣が刺さってしまい引き摺られたりしていた受け流しだが……理想の形で綺麗に決まって、ビッグボアの突進を無傷でやり過ごすことができた。

「凄い……！」

『やればできるじゃない』

突進の方向を少し変えられたビッグボアは、勢いを止められず近くの木に激突したので、その隙を逃さずに後ろからビッグボアめがけて剣を振り下ろす。

するとと俺の剣は予想以上に抵抗なくビッグボアを切り裂き、ビッグボアは断末魔の叫び声をあげてその場に崩れ落ちた。

「一人で倒せた……魔物を一人で、さらに無傷で」

今まではもっと弱い魔物にだって殺されかけてたのに。

目の前に倒れるビッグボアと剣が肉を断つ感触を思い出し、トラウマを克服できたことを感じた。

もう魔物を過剰に恐れる必要はない。俺は、強くなったんだ。

『セレミース様。俺を眷属にしてくださり、本当にありがとうございます』

『感謝なんて良いのよ。あなたを選んで良かったわ』

それからは依頼を受けたホーンラビットの巣を見つけようと山の中を動き回り、すぐに十数匹の群れを発見した。

かなりの数に少しだけ緊張しながら討伐に臨んだが、全く危なげなく倒し切ることができた。

「本当に凄いな……森の中を走っても転ばない、こんなに動いたのに疲れから倒れ込まない、剣を持ってる腕が痺れない」

今思えば眷属になる以前の俺は明らかにおかしかった。ただ日常生活を送る上で問題があるほどではなかったから、呪いの影響かもしれないなんて考えなかったのだ。

『リュカ、ホーンラビットが積み重なっているから片付けに来てくれるかしら？』

『あっ、すみません。たくさんいたので次々と放り込んでしまって。今すぐ片付けに行きます』

神域に戻って討伐証明部位であるホーンラビットの角を切り取り、さらに鞄に入るだけの素材も解体して詰め込んだ。この鞄だと小さいし、素材を売る時のために大きなリュックがあってもいいかもしれないな。

残りの素材を全て倉庫に仕舞ったら、また下界に戻る。

『セレミース様、仮初の平和は一人じゃ試せないですか？』

『そうね。機会が来たら、使い方を説明するわ』

『ありがとうございます。よろしくお願いします』

じゃあ今ここでできることは終わったし、そろそろ王都に戻るか。

最後に村をじっくりと目に焼き付けてから、王都に向かって村を後にした。

◇

村を出ていくリュカのことを水鏡から見下ろしながら、深く安堵の溜息を吐き出した。

神像が捨てられてから数百年が経過し、永遠にこのままという可能性も頭をよぎっていたけれど、そうならなくて本当に良かったわ。

この数百年で世界には争いや災害が増えてしまった。それをこれから少しでも改善していかなくてはいけない。

「リュカと末永く共に歩めれば良いけれど……」

自分が呟いた言葉に、思わず苦笑を浮かべてしまう。

私はあの少年のことを、短時間で気に入ったみたいだわ。とても素直で努力家で、私の理想を素敵だと受け入れてくれる子だった。

リュカが神像を見つけ出してくれたのは奇跡ね。

「しばらくはリュカが眷属としての力に慣れるまで仕事は振らないとして……少ししたら、まずはどこから平和に導いてもらおうかしら」

リュカと共に平和へと導いた世界を思い浮かべ、自分の頬が緩むのを感じた。

第二話✴リュカの実力と治癒

アルバネル王国の王都にある冒険者ギルドでは、夕方頃からギルド内にある酒場が賑わい始める。依頼を終えて金を稼いだ冒険者たちが景気良く酒を注文し、自分の活躍を自慢して語るのだ。

しかし今夜の話題は冒険者の英雄譚ではなかった。英雄譚と同程度、いやそれ以上に盛り上がる話……そう、他人の悪口だ。

「リュカのやつ、近いうちに泣きながら帰ってくるぜ。助けてくれ〜ってな。ギャハハハハッ、想像するだけで笑えるぜ」

「ほんとお前も趣味悪いよな〜。あんな無能をわざわざパーティーに入れて楽しむとかよ」

「お前らもやってみろよ。マジで楽しいからな」

輪の中心で意気揚々と話をするのは、リュカのパーティーメンバーであるアドルフだ。そしてその周囲にいるのは、アドルフと同レベルである中の下に位置する冒険者たち。

強い冒険者から見たら、弱いやつらがより弱い者を貶している呆れた光景だが、アドルフたち本人は気持ちよくリュカを馬鹿にしていて、そんな周りの視線には気づかない。

「だけどよ、リュカはアドルフたちに生かされてたようなもんだろ？　一人で行かせて、もう帰って来ないんじゃねぇの？」

「確かにな。死んだらどうすんだ？」

「別にいいんだよ。そろそろあいつの無能っぷりにも飽きてきたしな。それにあいつにそんな度胸あるわけねぇだろ？　街のどこかで数日時間を潰して、無理でした～って泣きついてくるのが関の山だろ」

「ギャハハハハ、違いねぇ。確かにあの弱さじゃ、街の外に一人で出る勇気すらねぇよな」

アドルフたちがそうしてリュカを馬鹿にして酒を飲んでいると……アドルフたちのテーブルに向かう一人の女性がいた。

顔に強い怒りを滲(にじ)ませているその女性は、レベッカだ。

レベッカは依頼達成の手続きを済ませたのか受付からテーブルに向かい、その場にいる男たちをキツく睨みつける。

「リュカはちゃんと一人で依頼を受けに行ったわよ！　これでリュカが帰ってこなかったらどうしてくれるの⁉」

「おうおう、うるせぇな。別にあいつが帰ってこなかったら、それはあいつが弱かったってことだろ？　俺の責任じゃねぇよ」

白々しくそう言ったアドルフにレベッカが手を上げようとしたその瞬間、レベッカの腕を掴む人物が現れた。

皆が視線を向けた先にいたのは……リュカだった。

◇

王都に戻ることができたのは、日が沈み始める時間だった。

行きは丸三日かかった村までの道中だが、帰りは約一日での踏破だ。夜は神域でしっかりと休み、コンディションは悪くない。

冒険者カードを提示して街中に入り、ギルドを目指して歩き慣れた道を進んだ。まずはレベッカに無事を伝えたいが、ギルドにいるだろうか。

中から喧騒が聞こえてくるいつも通りのギルドのドアを開くと、俺の目に飛び込んできたのはアドルフたちとレベッカだった。

「リュカはちゃんと一人で依頼を受けに行ったわよ！　これでリュカが帰ってこなかったらどうしてくれるの⁉」

レベッカのその言葉を聞いただけで、アドルフたちがどんな話をしていたのか何となく察せられる。本当に俺はどこまでも馬鹿にされてたな……ずっと悔しいと思っていたが、今までは我慢するしかなかった。

もう、耐える必要はないんだな。

「おうおう、うるせぇな。別にあいつが帰ってこなかったら、それはあいつが弱かったってことだろ？　俺の責任じゃねぇよ」

アドルフのその言葉にレベッカが手を上げたのが見えて、慌ててレベッカの下に向かい手を掴んだ。

「レベッカ、ありがとう。俺は無事に帰ってきたから大丈夫だ」

その言葉を聞いて、レベッカはガバッとこちらを振り向く。そして瞳を潤ませて……照れたようにそっぽを向いた。

「もう、遅いわよ」

レベッカって本当に素直じゃないな……そこが魅力の一つでもあるんだけど。

「ごめん。意外と目的地が遠くて、移動に時間が掛かったんだ。でも今回の依頼を受けて良かったよ。俺が何をしてもダメだった理由が分かったから」

「それ、どういうこと？」

逸らしていた顔を戻して不思議そうに首を傾げたレベッカに、公にしようと決めていた呪いが解けたという事実を伝えようとしたその時、アドルフが俺たちの会話に割って入った。

「おいおいリュカ、嘘はついちゃいけねぇぞ？　お前が依頼の場所に辿り着けるわけねぇだろ」

ニヤニヤと嫌な笑みを浮かべているアドルフに、今までずっと押し込めていた怒りが湧き起こる。

「俺でも依頼の場所に行くぐらいできる。それに依頼は達成した。ほら、討伐したホーンラビットの角だ」

しかしその怒りを抑え込んで鞄の中身を見せると、アドルフは一瞬だけ驚きに瞳を見開いたが、すぐにいつもの馬鹿にするような、さらに憐れむような表情を見せた。

「ついに手を出しちゃいけないことをしたか……リュカちゃん、盗みは良くねぇよ？」

「おいおい、ついに自分の無能さに嫌気がさして犯罪か？　冒険者にあるまじき行為だなぁ」

「いや、元々冒険者とも言えねぇ実力だからな～」

「ギャハハハハ、違いねぇ」

アドルフとその取り巻きの冒険者は、俺が討伐したとは微塵も信じていないらしい。まあ今までの俺は本当に弱かったから、それも仕方ないだろう。

ただそれにしても、こいつらにはイラッとくる。

「お前ら、本当に性格悪いな」

今までは機嫌を損ねないようにと心の中に押し込めていた言葉が、ぽろっと溢れてしまった。

するとアドルフが一気に青筋を立て、俺の胸ぐらを掴む。

「おいリュカ、なんか言ったか⁉」

「……そうやってすぐ暴力に訴えるのも、冒険者にあるまじき行為じゃないのか？」

「テメェ……俺に向かってそんな口利いていいと思ってんのか⁉」

アドルフはよほど頭に血が上ったのか、俺を思いっきり近くのテーブルに突き飛ばした。そして何を思ったのか、腰に差してあった剣を抜く。

「いつものように訓練しようぜ？　リュカちゃんは頭も悪くて、自分の無能さを忘れちまったみたいだからな」

自分の頭をトントンと叩いて心底馬鹿にするような表情を浮かべるアドルフに、今まで押し込めてきた鬱憤が爆発して俺も剣を抜いた。

「分かった。訓練場でやろう」

ギルドの裏手にある訓練場に向かうと、周囲で俺たちの会話を聞いていた冒険者たちがわらわらと後に付いてくる。すぐに訓練場の周囲は人で満たされた。

「おいアドルフ、負けるんじゃねぇぞ～」

「ギャハハ、リュカなんかに負けるわけねぇだろ！　手加減してやれよな～」

アドルフの取り巻きの冒険者は言いたい放題だ。その近くにはジャンヌとロラの姿も見え、俺に向けて蔑みの瞳を浮かべている。

「リュカ！　怪我したら許さないわよ！」

俺に声をかけてくれたのはレベッカだ。強い言葉とは裏腹な心配そうな表情が見えて、嬉しく思わず口角が緩んでしまう。

「大丈夫。安心して見てて」

正面に視線を戻すとアドルフは余裕の構えで、先手は譲ってくれるらしい。

剣を握り直して足に力を入れ、今出せる全力で地面を蹴った。すると自分でも驚くほどの速度でアドルフの下に到達し、振るった剣はアドルフの愛剣を遠くに吹き飛ばす。

一瞬のうちに武器を失ったアドルフは、何が起きたのか分からず呆然としているようだ。

「おい、すげぇな！」

俺の動きを見て、まず声を上げたのは昔から俺のことを気にかけてくれていた冒険者だった。アドルフたちのように無能な俺のことを馬鹿にする冒険者はたくさんいたが、それと同じぐらい心配して気にかけてくれていた人たちもいたのだ。

「めっちゃ強くなってるじゃん！」

「どうしたんだよ！」

俺が方々からの賞賛を受けていると、レベッカが俺の下に駆け寄ってきた。

「ちょ、ちょっとリュカ、どういうこと⁉」

「実はさ、俺が今まで何をしても強くなれなかったのは、呪いの影響だったみたい。それに気づけるきっかけがあって、呪いが解けたら今までの努力が実を結んだらしい」

セレミース様は神力の影響で身体能力も少しは向上するが、それは個々人が元々持つ能力にかなり左右されると言っていた。だからこの力は、今まで俺が鍛錬してきた成果なのだ。

「そっか……リュカ、良かったね」

レベッカは珍しく、俺に向けて素直に微笑みを向けてくれた。

「ああ、本当に良かった」

「お、おいリュカ！　お前、俺様が手加減してやったことにも気づいてなかったのか？　そ、それだから無能なんだよ！　へっ、こ、ここからが本番だ。もう一回だ！」

俺たちが話をしていたら、剣を拾ったアドルフが動揺した様子でそう言って、こちらに剣先を向けてきた。

「もう一回やるのは構わないが、今度は手加減なしだ」

次も言い訳されたら面倒だと思ってそう伝えると、アドルフは俺が剣を構えるよりも先にこちらに向けて地面を蹴った。

右上から振り下ろされる剣を上手く受け流し、体勢を崩したアドルフを横から蹴り飛ばす。

「あっ……」

ちょっと、やりすぎたかもしれない。アドルフは思いっきり吹き飛んで、ちょうど取り巻きの冒険者と共に訓練場の壁に激突した。

「おいおい、マジかよ。呪いってそんなに悪影響あるのか？　お前、もう俺らより強いんじゃねぇ？」

吹っ飛んだアドルフを見て、俺の下に駆け寄ってきたのはよく訓練場で剣の振り方を教えてくれていた冒険者だ。

「お前、強くなれて良かったな！」

「リュカのことはずっと心配だったんだ。でも俺たちも余裕なくて、リュカをパーティーに入れてやることもできなくて、今まであんまり助けてやれなくてごめんな」

「いえ、訓練場で色々と教えてもらえて助かってました」

冒険者は自己責任だから、今までの無能だった俺をパーティーに入れないのは当然のことだと思っている。何で助けてくれなかったんだと責める気持ちは全くない。

それからもレベッカや他の冒険者たちと呪いからの解放について話をしていると、吹き飛ばされたアドルフのことを呆然と見つめていたジャンヌとロラが、突然俺の下にやってきた。

「リュ、リュカがそんなに強かったなんて知らなかったわよ。心強い仲間ができて嬉しいわ～」

「これからはリュカが前衛で、私が援護をしてあげる」

二人のその言葉を聞いて、思わず少し固まってしまった。

よくそんなに手のひら返しができるな……逆に感心する。

「いや、俺はもうパーティーを抜けるから。俺が魔物に殺されそうになっても笑って見てて、大怪我してるのに荷物を持たせ、報酬は一割以下しかもらえない。そんな待遇のパーティーにいたいわけないだろ。パーティーを抜けてもいいんだぜ？　っていつもアドルフが言ってたし、その言葉通り抜けるよ」

アドルフたちのおかげで今まで冒険者として何とかやってこられたことは事実だが、さすがに感謝をする気持ちにはなれずに二人から視線を外した。

三人は俺を見て馬鹿にして笑うのが楽しくて、俺にはそんな三人でも冒険者としての仲間が必要だった。偶然にも利害が一致していただけだ。

「なっ、今まで世話してやってたのよ⁉　そんな勝手が通るわけないでしょ‼」

「感謝の心もないなんて、最低」

俺の言葉は二人を怒らせたようで、いつも通りの叫び声と冷たい声が鼓膜を揺らす。

「……世話してやってたと言われても、正当な対価すらもらった記憶はないんだが。荷運び、解体、買い出し、その他の雑用全てをやってたが、お前らは感謝するどころか無能だって俺を蹴り飛ばしてなかったか？　ああ、もしかして蹴り飛ばして欲しいのか？　それならそう言えばいいのに」

その言葉を聞いたジャンヌとロラは怒りに顔を歪めたが、何も言い返せないのかそのまま訓練場を出ていった。

パーティーを抜ける手続きは俺一人でもできたはずだし、この後すぐにしておこう。

「こ、こんなの、何かの間違いだ……！」

二人がいなくなったと思ったら、今度はアドルフが腹を押さえながら立ち上がり、鋭い瞳で睨みつけてきた。

「間違いだって言われてもな……お前が負けたのは事実じゃないか」

「男らしく認めなさいよ。アドルフがリュカに勝てるわけないじゃない。リュカは毎日毎日、必死に鍛錬してたんだから。あんたはリュカを馬鹿にして笑って、酒飲んでただけでしょ？」

レベッカが投げつけた正論にアドルフは顔を真っ赤に染めるが、反論できないらしい。

「さっきのリュカの動きを見てた限り、アドルフに勝ち目はないな。動きのキレが全く違った。リュカは二級も狙えるんじゃないか？」

ちょうどこの場にいた高等級の冒険者が声を掛けてくれたことで、騒がしかった訓練場内がシンっと静かになる。

二級も狙えるなんて……嬉しいな。

冒険者ギルドには各国共通の評価基準があって、五級から一級に分かれている。一級は国を救うレベルの活躍をした冒険者に贈られるものなので、実質的には二級が一般的に出会える冒険者の頂点だ。

眷属の能力を全く使っていない、剣の実力だけでその二級を狙えるかもしれないなんて……今まで必死に努力してきて良かった。

「ありがとうございます」

「これからお前は上に行きそうだな。俺も抜かれないように頑張らねぇと」

その言葉に、訓練場内は俺を讃える声で満たされた。

アドルフが何も反論できずその場に項垂（うなだ）れたところで今回の騒動は終わりとなり、各々ギルドに戻っていくのを見て、俺もレベッカと共に受付に向かって歩みを進める。

「レベッカ、心配してくれてありがとう。さっきも、今までもずっと」

「別に、心配なんかしてないわよ」

「ははっ、そっか」

「……でも、呪いが解けて本当に良かった」

ポツリと呟かれたレベッカの言葉が耳に届き、俺は自然と笑顔になった。

それから受付でパーティーの脱退手続きを済ませ、依頼の達成処理と素材の売却をしたところで、まだ騒がしいギルドを後にした。

ギルドを出ると辺りが一気に静かになり、隣を歩くレベッカの足音が鮮明に聞こえてくる。

「本当に、今までありがとう」

自然と感謝の言葉が口から溢れた。ここまで生きて頑張れたのは、レベッカのおかげだ。

何も反応がなくてレベッカの顔を覗き込むと、白い肌が真っ赤に染まっている。

「なっ、の、覗き込むなんて反則よ！」

「ごめん、反応がなかったから。でも本当に、心から感謝してる」

改めて目を見て感謝を伝えると、レベッカは真っ赤に染めた顔を背けた。

「わたしは別に……何もしてないわよ」

「いつも料理をくれてたのは？」

「あれは……ゆ、夕食の残り物よ！」

「でも、いつも出来立てじゃなかった？」

その言葉にレベッカが視線を彷徨わせたところで、俺は耐えきれずに笑いながらレベッカから視線を外した。

「分かっててやってるでしょ！」

「ははっ、ごめんごめん。面白くて。レベッカはもっと素直になったらいいのに」

「……自分でも分かってるのよ。わたしは可愛くないって」

「いや、可愛いと思うけど」

「なっ……そ、そういうこと、冗談でも言わないで！　驚くじゃない！」

いや、冗談じゃなくて本当に可愛いと思ってるんだけどな……。

「そ、そういえば、リュカはこれからどうするの？　ソロ冒険者としてやっていくの？」

レベッカが話を逸らそうと話題を変えたので、今はそれに乗ろうと思い、これからについて思考を巡らせた。

「うーん、まだあんまり考えてないんだ。とりあえず、冒険者の等級は上げたいと思ってる」

「そうなのね。わたしもせめて四級に上がりたいわ。五級仲間のリュカはすぐ上にいっちゃいそうだし」

「レベッカは弓の実力はかなりのものだし、ナイフの扱いだって上手い。すぐに三級ぐらいはいけるんじゃない？　あっ、でも時間がないか……」

レベッカは病気の母親とまだ幼い妹と、小さなアパートで三人暮らしなのだ。母親の病気は薬を飲んでも治らず、だんだん悪化していると聞いたことがある。

病気を治せるほどの実力がある光魔法の使い手に治癒を頼めればいいが、かなりお金が掛かるから難しいのだろう。風邪の治癒ぐらいなら平民にも手が出るんだけどな……。

――そういえば、神力魔法って光魔法も使えるようになるんだったな。

ということは、ヒールも使えるようになるだろう。それならレベッカの母親の病気、治せるんじゃないか？

ヒールで病気を治すには魔力量が重要で、重病になればなるほど必要魔力量が増えると何かの本で読んだ記憶がある。

重病の治癒が可能な魔力量を持つ者は世界中を探しても数人見つかる程度で、一般的に重病者の治癒は不可能とされているのだ。それこそ莫大な金をかけてその魔力量を持つ光魔法の使い手を呼び寄せられる人たち、王族や高位貴族以外には。

ただ俺には眷属となったことで得た神力があり、ほぼ際限なく魔法を使うことができる。それなら万が一レベッカの母親の病気が重度だとしても、俺になら治せるってことだろう。

『セレミース様、病気の治癒って俺にできますか？』

『ふふっ、唐突な質問ね』

『あっ、すみません。突然思い至って』

『大丈夫よ。質問の答えだけれど、これはイエスね。ヒールという呪文は、魔力量に比例して効果が増大するわ。だから眷属には魔力を込める時間も待てないほどの急病と酷い怪我、この二つ以外なら治せるのよ』

やっぱりそうか……突然見えた光明に心が躍る。

問題はレベッカに光魔法を使えることを、しかも重い病気を治せるほどに魔力量があることを明かす必要があるということだ。

セレミース様は信頼できると判断したなら、眷属だということも明かしていいと言ってくれたが、レベッカはどうだろう。

俺にとってはこの街で、一番と言っても過言ではないほどに信頼できる存在だ。

『セレミース様——俺がセレミース様の眷属だってこと、レベッカに、隣にいる女の子に伝えてもいいですか？』

『リュカがそう聞くってことは、信頼できる相手なのでしょう？　それならば問題ないわ』

『本当ですか！　ありがとうございます』

レベッカの大切な人を助けられるかもしれない可能性に、心が浮き立って顔に自然と笑みが浮かんだ。

「リュカ、どうしたのよ」

突然黙り込んだ俺を不思議そうに見つめてくるレベッカの瞳を見返してから、レベッカに顔を近づけてゆっくりと口を開いた。

「レベッカ、大事な話があるから家に行ってもいい？　絶対他の人には聞かれたくない」

「……うちは一部屋しかないから、お母さんと妹がいるけど」

俺の真剣な表情で大切な話だと分かったのか、レベッカは少し緊張している様子でそう答えてくれた。

「それはちょっと避けたいな……宿を借りるか。あっ、宿の部屋で二人きりになるのが嫌なら、どこかの食堂の端の席とかでも……」

レベッカと内緒話をする難しさに頭を悩ませていると、レベッカは少しだけ照れた様子で、俺のことをチラチラと見上げながら口を開いた。

「べ、別に……リュカなら宿でもいいわよ」

「本当？　嫌じゃない？」

「今更嫌なわけがないでしょ！　早く行くわよ！」

レベッカは俺の手をぐいっと掴むと、近くにある宿に向けてずんずんと歩き出した。そんなレベッカに連れて行かれる形で宿に入る。

一部屋借りて中に入ると椅子が一つしかなかったので、レベッカに椅子を勧めて俺はベッドに腰掛けた。

「今更だけど、家に帰らなくても大丈夫だった？　夕食とか」

「大丈夫よ。今日はもう作ってきたから」

「それなら良かった」

懸念事項がなくなったところで一度深呼吸をして、少し落ち着かない様子で椅子に座っているレベッカの瞳をしっかりと見返した。

「これから話すことは現実感がなくて信じられないと思うけど、全部事実だから」

「……リュカの言うことなら信じるわよ」

レベッカの真剣な表情に勇気をもらい、まだ完全には信じきれていない数日の出来事を思い出す。そして、一番重要な部分を口にした。

「俺さ……神の眷属になったんだ。平和の女神様の、眷属に」

その言葉を聞いたレベッカは、あまりの情報に脳内処理が追いつかないのか、瞬きもせずに固まってしまった。

やっぱり驚くか……というか、聞いただけでは信じられないだろう。眷属なんて御伽話の世界の登場人物で、そんな存在になったと言われてもピンとこないのも仕方がない。

「眷属って、あの眷属？　神様に選ばれた存在の、凄く強い人たち？　国を救ったりしてる？」

「そう、その眷属」

レベッカの言葉に頷くと、レベッカはだんだんと瞳を見開いて……ガタッと椅子から立ち上がり叫んだ。

「どういうこと⁉」

やっと俺が眷属になったという事実を認識できたらしい。

「ちょっと落ち着いて。眷属ってことはあんまり広めたくないんだ」

「そ、そうよね……ごめん。あまりにも衝撃的な言葉だったから。広まったら大変なことになるわよね」

「そうだと思う。それに眷属の存在が疎い人もいるだろうし、普通に暮らしていくためにも秘密にしたい」

「分かったわ。とりあえず誰にも言わない。……それにしても、眷属だなんて実感が湧かないわね……いや、嘘だと思ってるわけじゃないわよ。でも、さすがに聞いてすぐに飲み込めるような話じゃ……」

レベッカは困惑の面持ちで、僅かに眉間に皺を寄せている。

実感が湧かないとはいえ、こんな話も信じてくれるのか。その言葉が凄く嬉しく、口端が緩んでしまう。

「実感が湧かないのは仕方ないよ。俺でもまだ少し夢かもしれないと思ってるぐらいだし」

ただレベッカに治癒を託してもらうためには、俺が眷属だという実感と信頼は大切になる。そうなると……レベッカを神域に連れて行くのが一番だろうか。

　確か数人までなら連れて行けるって話だったし、さすがにセレミース様と会えば実感も湧くだろう。

『セレミース様、今大丈夫ですか？』

『ええ、大丈夫よ』

『ありがとうございます。突然なのですが、レベッカを神域に連れて行ってもいいでしょうか？　それが一番眷属だということを実感できると思いまして……』

『確かにそうね。もちろん構わないわよ。リュカが良いと思ったのならば、基本的に私が反対することはないわ』

『本当ですか！　ありがとうございます。では少ししたら連れて行きますので、よろしくお願いします』

　セレミース様との会話が終わったところで、未だに困惑顔のレベッカに視線を戻した。

「レベッカ、眷属の能力の一つに神域転移というものがあって、女神様がいる場所に一瞬で移動できるんだ。レベッカも一緒に連れていけるから、これから神域に行かない？　それが一番実感できると思う」

「それって……平和の女神様と、これから会うってこと⁉」

　小声で叫ぶという器用なことをしたレベッカの言葉に頷くと、レベッカは椅子から立ち上がって右往左往しながら慌て始めた。

「そんなに慌てなくても……」

「だって女神様と会うのよ！　これ以上に慌てることなんてないわよ！　ど、どうすればいいかしら。髪の毛はボサボサだし、服装は適当だし、一日働いて顔や手も汚れてるかも……」

レベッカのその言葉を聞いて、じっと顔を覗き込んでみた。

別にそんな気にするほどボサボサじゃないと思うけど……。

「綺麗な赤髪はしっかりまとまってるし、服装は冒険者として一般的なものだし、汚れは一日頑張って働いた証だから、気にしなくていいと思う」

本心からそう告げると、レベッカは突然動きを止めて顔を赤くした。

「……そ、そうかしら」

「うん。綺麗だよ」

「リュカがそう思うならいいわ……このままで」

「了解。じゃあ行こうか」

ベッドから立ち上がってレベッカに向けて手を差し出すと、レベッカは少しだけ躊躇ってから手を乗せてくれた。昔は同じくらいだったが、今はレベッカの手の方が小さいな。

そんなことを思いながら、初めての他人を連れた神域転移を発動させると、一瞬で神域の東屋の中に降り立った。目の前にはソファーに座るセレミース様がいる。

「セレミース様、レベッカを連れてきました」

「いらっしゃい。そこのソファーに座って良いわよ」

「あ、ありがとう、ございます……！」

レベッカはガチガチに緊張している様子でソファーに腰掛けると、顔は動かさずに瞳だけで神域をキョロキョロと見回した。

「本当に、一瞬で別の場所に……夢みたい」

俺にだけ聞こえる声で呟いたレベッカは、緊張からか震えている手をキツく握りしめた。

「貴方はレベッカと言うのよね。私はセレミース、平和の女神よ」

「わ、わ、わたしは、レベッカです……平和の女神様とお会いできるなんて、光栄です」

「ふふっ、そんなに緊張しなくても良いわよ。セレミースと呼んでちょうだい」

「か、かしこまりました。セレミース様」

二人の挨拶が終わったところで、レベッカの緊張を解くためにも顔を覗き込む。

「俺が眷属だってこと実感できた？」

その言葉を聞いて少しだけ肩の力を抜いたレベッカは、視線をセレミース様から俺に移して何度も首を縦に振った。

「もちろん。十分に。十分すぎる」

「良かった。じゃあさっそく本題に入ろうか」

「そういえば……なんでリュカが眷属だってことをわたしに打ち明けたのか、聞いてなかったわね。眷属だって情報が衝撃的すぎて、理由にまで気が回らなかったわ」

レベッカは少しだけ緊張が解けたのか、不思議そうに首を傾げた。

「何かわたしにやって欲しいことがあるの……？」

「いや、そうじゃないんだ。実は眷属の能力を、レベッカの家族に使いたいと思ってる。その話をするには……まずは眷属になったことで得た能力について聞いて欲しい」

その言葉にレベッカは少しだけ驚きながらも、素直に頷いてくれた。

「分かったわ」

「ありがとう。じゃあまずは、さっきレベッカも体験した――――」

　それからセレミース様の助けも借りつつ全ての能力をレベッカに説明し終えると、レベッカは眉間に皺（しわ）を刻みながら宙を見つめた。

「なんかもう、凄すぎてよく分からなくなってきたかも」

「俺もやっと情報が整理されてきたところだから、それも仕方ないと思う」

「それで……今説明を聞いた中にあった能力を、わたしの家族に使いたいのよね？　それってもしかして、神力魔法だったりする？」

　治癒について気づいたのか、レベッカは期待と不安が入り混じった瞳で俺の顔を覗き込んだ。

「正解。神力魔法で光魔法が使えて、さらには魔力量の制限がないから、酷い怪我や重い病気も治せるんだ」

「お母さんの、病気も？」

「理論上は治せるはず」

　恐る恐る問いかけられた言葉にしっかりと頷くと、レベッカは唇をギュッと引き結んで瞳に涙を浮かべた。

「リュカ、本当に……本当にありがとう」

「俺に託してくれる？」

「もちろんよ。お母さんを、お願い」

「分かった。全力を尽くすよ」

その言葉に涙を溢れさせたレベッカは、泣きながらも嬉しそうな笑みを見せてくれた。

――絶対に成功させたい。いや、絶対に成功させる。

「レベッカ、早い方がいいと思うからさっそく家に行こう。妹さんは別の場所にいてもらうことはできる？」

「お隣のおばさんに預けられるわ」

「じゃあ妹さんにはそこにいてもらって、お母さんはどうするか。寝てる間にヒールが終わるかどうか……」

ヒールの効果を高めるためには時間をかけて魔力を練らなければならず、数分間は俺がその場にいないといけない。

さらには自分に魔法を掛けられていたら……さすがに目が覚めるだろう。

「誘眠花を使えば良いんじゃないかしら？　あれはそこまで強い効果はないけれど、寝ている者をより深い眠りに誘うことはできるはずよ」

問題に対しての解決策を、セレミース様が提示してくれた。

「眠れない人が使う花でしたか？　聞いたことがあります」

「確か……近くの薬屋に売っていた気がします」

「ではそれを買っていくと良いわ」

「分かりました。教えてくださってありがとうございます」

これで他に懸念点はないはずだ。あとは俺が魔法を成功させればいい。

「じゃあ宿に戻って、すぐにレベッカの家に行こう」

「リュカ……よろしくね」

レベッカの手を取って、また神域転移を発動させた。

宿を出た俺たちはこれからの出来事に緊張して、言葉少なに路地を奥に進んだ。途中で薬屋に寄って誘眠花を購入し、かなり古めかしいアパートの前で足を止める。

「ここの一階にある角部屋がわたしたちの家なの。妹をおばさんに預けてくるからちょっと待ってて。すぐ呼びにくるから」

「分かった。ここで待ってるから急がなくてもいいよ」

それから数分後にレベッカが俺を呼びにきて、物音を立てないようにこっそり家の中に入った。

お母さんにはレベッカが花の香りを嗅がせたらしく、部屋の奥にあるベッドでぐっすりと眠っていた。かなりやつれてる様子から、病気の重さが窺える。

「……ヒールをかけてみる」

ベッド脇に置いてくれた椅子に腰掛けて、ヒールを発動させるために目を閉じた。

魔法を発動させるには魔力を自由自在に動かせることが大切で、ヒールの場合は魔力を体内で練って凝縮させないといけないのだ。これが意外と大変で、数分の時間が掛かるとともに集中力も必要になる。

レベッカのお母さんの病気が治るように、レベッカから聞いていた症状も加味してイメージを固めていく。魔法の成功にはイメージ力も大切だ。

それから数分かけて必死で魔力を練り、魔力が増えすぎて押さえ込むのが大変になったところで、瞳を見開いて魔法を行使した。

「ヒール」

するとお母さんの体が強い光に包まれ、その光が少しずつ体内に吸収されていく。

光が全部消えた時には……お母さんの顔色が目に見えて良くなっていた。ヒューヒューという苦しそうな呼吸音も聞こえなくなっている。

「治った……？」

ポツリと呟いたその言葉を聞いて、近くにいたレベッカがお母さんに駆け寄った。震える手を伸ばし頬に軽く触れると、耳を近づけて呼吸音を聞き……瞳を大きく見開く。

「い、いつもと違うかも。もっといつもは、苦しそうな呼吸をしてて、寝てる時もよく咳き込んでて」

レベッカのその言葉を聞いた瞬間、体から力が抜けて思わずその場にしゃがみ込んだ。自分で思ってたよりも緊張してたみたいだ。

「治せて良かった……」

レベッカが大切な人を失わなくて良かった。

「リュカ！　本当に、本当にありがとう……！」

レベッカは瞳から涙を溢れさせると、思いっきり俺に抱きついてきた。なんとかそれを受け止めて、レベッカの背中に腕を回す。

「良かったな」

「うん……っ、うんっ！」

それからしばらくはレベッカが落ち着くまで待ち、達成感に包まれながらその場に立ち上がった。

「じゃあレベッカ、俺は宿に戻るよ。お母さんの様子を見て、もしまた体調が悪そうだったら宿まで呼びにきて欲しい。あとは……目を覚まして元気になったお母さんが不思議がるかもしれないけど、対処は頼みたい」

「分かったわ、任せて。リュカは明日もあの宿にいるの？」

「いると思う。ただ早い時間だと寝てるかもしれない」

「じゃあ、お昼すぎぐらいに宿に行ってもいい？　色々と話したいことがあるの」

「いいよ。寝てたら起こして」

「了解」

まだ瞳には涙が光っているけど晴れやかな笑みを浮かべているレベッカを見て、安心して家を後にした。

宿に着くと慣れないことをした疲れなのか、一気に体が重くなってベッドに横になる。今日はこのまま寝て、やらなければいけないことや考えるべきことは明日に回そう……。

次に目を覚ましたのは、もうかなり日が高い時間だった。部屋のドアがノックされる音で意識が浮上すると、窓から差し込む眩い光に目が上手く開かない。

「眩しいな……今、何時だ」

「リュカ、まだ寝てるの？」

ボケっとしながらベッドの上で上半身だけ起き上がらせていると、レベッカの声が聞こえてきた。

そういえば、レベッカが昼過ぎに来るって言ってたっけ。

「リュカ？　大丈夫？」

「ん……ちょっと待って、今起きた」

もう昼過ぎってことか。さすがに寝すぎた。

だんだんとしっかり覚醒してきた俺は、髪の毛を手櫛で整えて部屋の扉を開けた。

「もう、起きるのが遅いわよ」

扉の向こうにいたのは、そんな言葉を発しつつも晴れやかな笑顔のレベッカだ。この様子ならお母さんはちゃんと治ったみたいだな。本当に良かった。

「ごめん、寝すぎたな。お母さんはどう？」

「ふふっ……完全に治ったわ！　リュカが帰ってしばらくしてから起きたんだけど、咳は出ないし体は軽いし、凄く気分がいいって。今日の朝ご飯も作れたの！」

「そっか、良かった」

「……リュカのおかげね。ほ、本当に、ありがとう」

昨日は抱きついて感謝を伝えてくれたのに、今は恥ずかしさが勝っているみたいだ。でもそんないつも通りのレベッカに癒されて、俺の表情は自然と緩む。

「それで、今日は話があるんだっけ？」

「あ、そうなの。中に入ってもいい？」

「もちろん、どうぞ」

　部屋に入って椅子に腰掛けたレベッカは、少しだけ緊張している様子で膝を擦り合わせると、意を決した表情を浮かべて俺の顔を見上げた。

「リュ、リュカ、その、お母さんは元気になったわ。わたしはもう、自分の人生を自由に生きられるの。だから……パ、パーティーを、く、組んであげてもいいわよ！　あっ、違う、そうじゃなくて……パーティーを組んでくれたら、嬉しいというかなんというか……」

　なんとも締まらない言葉で俺をパーティーに誘ってくれたレベッカは、緊張を誤魔化すためか俯いて膝の上で組んだ手を動かしている。

　そんなレベッカの様子を見て、無意識に体が動いた。

　レベッカの両手を掴んで顔を覗き込み、心からの笑みを浮かべる。

「俺からお願いしようと思ってたんだ。先を越されたな」

「え、それって……」

「今までずっと断っててごめん。俺じゃレベッカを守れないと思ってたから、一緒に危ないところに行く勇気がなかったんだ。でも今の俺なら、レベッカを守れる。……一緒に来てくれたら嬉しい」

「べ、別にわたしは、守ってもらわなくても大丈夫よ！」

「ははっ、確かにそうだったな。じゃあレベッカ、一緒に助け合って冒険者をしませんか？」

　その言葉に俺の瞳をしっかりと見返したレベッカは、楽しそうな笑みを浮かべて椅子から立ち上がった。

「しょうがないわね。わたしがリュカを助けてあげるわ」

「ありがと。心強いよ」

嬉しそうなレベッカの表情を見て、俺の心は温かくなった。

それから宿を出た俺たちは、さっき神域から持ってきた素材を持って、素材売却とパーティー申請をするために冒険者ギルドへと向かっている。

昨日得た依頼達成の報酬と素材を売ったお金では数日分の生活費にしかならなかったので、もっと稼ぐ必要があるのだ。

「ギルドに行ったら、どんな反応をされるんだろう」

「等級が上の冒険者は今まで通りじゃないの？　リュカをいじめてたような人たちは……急に擦り寄ってくるか、気まずさから遠巻きにするかのどちらかね」

「そのぐらいなら害はないから問題ないな。あとはアドルフたちがどうなるか……」

恥をかかされたと俺を恨んで何かをしてくるか、もう関わってこないのか。

「あいつは馬鹿だから何をするか分からないわね。ほんっっとうに、最低な人間よ」

「アドルフ、凄い嫌われてるな」

「あんなやつ当然じゃない！　まだ小さかったリュカを虐めて笑ってたようなやつよ！」

レベッカはアドルフへの怒りが収まらないようで、眉間に皺を寄せて拳を握りしめている。レベッカがここまで怒ってくれると、なんだか冷静になれる。

「怒ってくれてありがとう」

それからもレベッカが今まで溜め込んできたアドルフたちへの鬱憤を聞いていると、すぐにギルドが見えてきた。中に入ると昼過ぎの微妙な時間ということもありギルド内は閑散としていたが、それでも数人いた冒険者にはチラチラと視線を向けられる。

「やっぱり目立ってるな」

「これもそのうちなくなるわよ。リュカは何も悪いことをしてないんだから、堂々としてればいいの」

「そうだな。そうするよ」

視線になんて気づいてないかのように受付に向かうレベッカを見習って、できる限りいつも通り、堂々と受付に向かった。

「こんにちは。本日はどのようなご用件でしょうか」

声を掛けてくれたのは、もう何年もこのギルドで受付をしているベテランの女性職員だ。この女性は淡々と仕事をこなす人で、どの冒険者も贔屓しないのでいつもありがたく思っていた。

「今日はパーティー申請に来ました。俺とレベッカでパーティーを作りたいです」

「かしこまりました。ではこちらの申請書にご記入をお願いいたします」

ペンと紙を受け取って、初めて書くパーティー申請書に上から目を通した。

冒険者ギルドのパーティーというのは、複数人で依頼を受けた際の手続きを簡略化するためのものとして元々は作られたが、今はもっと別の意味を持つ。

有名になったパーティーには名前が付けられ、それがそのまま信頼になるのだ。

名前は貴族や国に与えられることもあれば、ギルドから与えられることもある。強大な魔物を討伐した際には、その事実がパーティー名となることもある。

ちなみにそれは他国にも通じる名前だ。そもそも冒険者ギルドというのは各国のトップが集まる世界会議が運営主体……らしい。曖昧なのは俺も詳しくは知らないからだ。そう何かの本に書かれていた。

そんな組織だからこそ、パーティー名というのはとても大きな意味を持つ。

「これでお願いします」

申請書を書き終えて受付の女性に手渡すと、問題なく受理してもらえた。

「こちらがパーティーカードでございます。パーティーで依頼を受ける際にはご提示ください。また依頼は皆様の各等級と同じ等級以下に分けられたものしか受けていただくことはできませんが、パーティーの場合はそのパーティーに所属する者の平均が適応されます。しかし三級冒険者と四級冒険者が二人ずつのパーティーなど平均が分かりにくい場合は、ギルド側で能力を鑑みてパーティーの等級を決めさせていただきますので、ご了承ください」

「分かりました。ありがとうございます」

今は俺もレベッカも五級で全く関係のない話だが、早めに冒険者ギルドの等級は上げたいな。低級だと街中の依頼や弱い魔物の討伐依頼、薬草の採取など、大切だが物足りない依頼が多いのだ。

三級以上に分類される呪いに関する依頼を受けるためにも、最低でも三級には上がりたい。

セレミース様にはとりあえず自由にしていいと言われているし、これからは昇級目指して頑張ろう。

「リュカ、これからどうするの？」

パーティー申請をして素材の売却を済ませたところで、レベッカと顔を見合わせた。

さすがにこれから依頼を受けるには時間が遅すぎる。

「依頼を吟味して受注だけして、実際に向かうのは明日以降にする？」

「そうね。それがいいかも」

「じゃあ、依頼を見に行こう」

掲示板に向かって五級の依頼が貼られた場所を見てみると、そこにはこの時間でも十枚ほどの依頼が受注されずに残っていた。中には何週間も残っている依頼もある。

「魔物の討伐依頼にするか」

「そうね……あとは同じ場所で採取できそうな植物の採取依頼と、どこでも採取できる薬草の採取依頼。その辺を一緒に受けたらいいんじゃない？」

「確かにその方が効率的だな。……これとこれはどう？」

選んだのは繁殖して数が増えているらしいホーンラビットの討伐依頼と、ホーンラビットの目撃数が多い場所で採取できるだろうルーカの実の採取依頼だ。

最初だからダンジョンに入るのは早いかと思い、街の外の依頼から選んだ。

「いいと思う」

「じゃあ、この二つにしよう」

依頼の受注受付を済ませた俺たちは、ギルドを出て大通りに向かった。

「俺たちの戦い方だけど、基本的には俺が前衛で、レベッカが後衛でいい？」

「ええ、わたしは弓と近づかれた時だけナイフを使う戦い方だから、後衛がいいわ」

「俺は剣と魔法を組み合わせる感じになるかな」

その言葉を聞いたレベッカは周囲を気にするそぶりを見せたあと、俺の耳元に口を寄せて小声で質問した。

「リュカは神力魔法で全部の属性魔法が使えると思うけど、公にするのはどの属性にするの？」

確かにそれも考えないといけないか……基本的に魔法属性は三つあればかなり稀なので、そのぐらいの数に留めておいた方がいい。

「今のところは火魔法、水魔法、光魔法かな」

「確かに、一番いい選択かも」

光魔法はヒールとライトがあるから絶対に必要で、火魔法と水魔法は攻撃としても使えるし、街の外ですぐに火と水を作れるのは便利だろう。

「その三つで覚えておくわね」

「よろしく。じゃあ俺はこっちだから、また明日かな」

「ええ。……リュカ、また明日ね」

レベッカは照れた様子で早口にそう告げると、俺に向けてにこっと綺麗な笑みを浮かべてから自宅に向けて駆けていった。

遠ざかっていくレベッカの後ろ姿を見つめながら、思わず苦笑を浮かべてしまう。

これからレベッカにいろんな意味で振り回されそうだな……でもそれを楽しみに思っている自分がいる。

アドルフたちのパーティーでなんとか耐えてた時には、こんな未来が来るなんて予想できなかった。本当に、今の俺は幸せだ。

『セレミース様、ありがとうございます』

『ふふっ、突然どうしたの？』

『なんだかお礼を言いたい気分になりました』

『そう。では素直に受け取っておくわ』

それからはセレミース様と話をしながら宿に戻り、明日のために軽くストレッチをしてから早めにベッドに入った。

明日が楽しみだな……そんなふうに思ったのは数年ぶりのことだった。

第三話＊初依頼と人助け

次の日の朝。朝早くに宿を出て、レベッカとの待ち合わせ場所である門前広場に向かった。外壁に囲まれた王都には何ヶ所か外に続く外門があり、その前には広場が広がっている。

「リュカ、こっちよ！」

広場に着くとどこからか声が聞こえてきて、辺りを見回すと広場の中央付近に笑顔のレベッカがいた。

「レベッカおはよう。ごめん、待った？」

「大丈夫よ。わたしも今来たところだから」

「それなら良かった。じゃあ、さっそく行こうか」

その言葉にレベッカは素直に頷いてくれて、俺たちは隣に並んで歩き出す。

街の外に出て目の前に広がった景色に、思わず目を奪われた。

……凄いな。今まで見てきた景色と同じはずなのに、全く違うように感じる。

気持ちが前向きかどうかで、ここまで違って見えるのか。今まではこの場所に来るとこれからの苦行を考えて憂鬱になっていたが、今胸に広がるのは期待感だ。

もう皆の重い荷物を吐きそうになりながら運ぶ必要はないし、気まぐれのように魔物と戦わされて死にかけることもない。

「こんなに綺麗だったんだな……」

「リュカ、どうしたの？」

少しだけ先に進んでいたレベッカが、足を止めていた俺に気づいて振り返った。

青空をバックにこちらを向くレベッカがとても眩しく見えて、少しだけ目を細めてから……大きく一歩を踏み出した。

「何でもない。さっそく行こうか」

「ええ、遅れないでよね！」

ホーンラビットが多数目撃されていたのは王都近くの森の中で、街道を進んで草原を抜け、しばらく歩くと森の入り口に着く。

「やっぱり、森の中は視界が悪いわね」

「そうだな。木の上も警戒しないといけないし大変だ。でも二人ってだけでかなり心強いよ」

村に一人で向かった時のことを思い出してそう呟くと、レベッカが腰に手を当てて口端を上げた。

「私に任せなさい。こう見えて、かなり目はいいのよ。それに矢も外さないわ」

「期待してるよ」

レベッカの弓の実力は訓練場などで見たことはあるが、実戦では一度も見たことがない。いつも獲物を仕留めていたから上手いのだろうけど、どの程度の実力なのか楽しみだ。

それからしばらく魔物を探索していると、ついに一匹目のホーンラビットを見つけることができた。数本先の木の根元で、食事中なのか立ち止まってるみたいだ。

レベッカはホーンラビットの様子を確認すると俺に視線を向けて頷いて見せ、素早く弓を構えた。そして矢を引く僅かな音にホーンラビットが反応して耳を立てたその瞬間、矢を放つ。

その矢はまるでホーンラビットに引き寄せられているかのように、まっすぐとホーンラビットに向かって飛んでいき……眉間に突き刺さった。

「これで一匹ね」

「……ちょ、ちょっと待って⁉」

あまりの衝撃に発した声が裏返ってしまう。

「どうしたのよ」

「レベッカってこんなに弓が上手かったのか……」

上手いとは思っていたが、ここまでは予想してなかった。

今日は風が吹いてるし、森の中は薄暗いし、それを一発で命中させるなんて……。

「今のって、まぐれ？」

「え？　いつも通りよ？」

「レベッカって、もしかして天才……？」

弓に相当の才能があるのかもしれない。前にアドルフたちが別のパーティーと合同で依頼を受けると連れてきた冒険者に弓使いがいたけど、こんなに精度は高くなかった。

小さな魔物になんて、当たらないのが前提という感じだったはずだ。

「なによ。褒めても何も出ないわよ？」

「いや、冗談じゃなくて本気で。その実力は凄いよ」

その言葉を聞いたレベッカは、やっと褒められていると実感できたらしい。訝しげな表情を嬉しそうなものに変え、少しだけ頬を赤らめて俺から視線を逸らした。

「ま、まあ、わたしなんだからこのぐらい当然よ」

「ははっ、そうだな。レベッカ、お金を貯めたらいい弓を買おう。本で読んだけど、弓の性能によって矢の威力が何倍にも跳ね上がるらしいから」

「そうなのね……じゃあわたしの直近の目標は、弓の購入にするわ」

「できれば魔法が付与されたやつにしたいな。魔道具の武器が最近は作られてるらしいから」

魔物から取れる魔石をエネルギー源にして動く魔道具という便利なものがあるが、最近は魔道具の武器まで開発されている。

炎が出る剣や刀身が氷に覆われる剣など色々と作られたらしいが、弓が一番魔道具との相性がいいと聞いた。

「そういえば、誰かがその話をしてたわね。気になってはいたけど、絶対に買えるような値段じゃないと思っていたの」

「確かにかなり高いだろうけど、頑張って依頼を受けてればそのうち買えるはず」

「それなら頑張るわ。……どうせなら、リュカの剣も買ったらいいんじゃない？」

「そうだな。でも俺の剣は、魔道具である必要はないと思う」

自分で全部の属性魔法が使えるし、剣から火が出てもあまり使い道はない。それよりも振りやすさや切れ味の良さの方が大切だ。

「じゃあ、いい鍛冶師を見つけないといけないわね」

そこで会話が途切れ、俺たちは次の魔物を探すことになった。倒したホーンラビットの討伐証明部位である角だけを切り取って鞄に仕舞い、他の部位は神域に送る。

『セレミース様、後でホーンラビットは片付けに行きます』

『分かったわ。早めにお願いね』

『はい。遅くとも今夜には必ず』

セレミース様との会話を終えてレベッカに視線を向けると、レベッカは感動の面持ちでホーンラビットが消えた場所を見つめていた。

「神域転移って、本当に凄い能力ね。こうして倒した魔物を神域に入れておけば、悪くなることもないんでしょう？」

「そう。だからこれから討伐した魔物は、全て無駄なく食料にできる」

レベッカに一番響くだろう言葉を口にすると、レベッカは瞳を輝かせて拳を握りしめた。

「魔物、たくさん倒すわよ！」

やる気満々なレベッカの表情に、苦笑しつつ頷いた。


それからレベッカが張り切ったことでホーンラビットを十匹も討伐した俺たちは、そろそろルーカの実を採取して帰ろうということで森の奥に進んでいた。

ルーカの木は森の浅い部分にもたまにあるが、奥の方がたくさんあるのでそこに向かった方が早いのだ。

「ホーンラビットは問題なく倒せるな」

「そうね。ホーンラビットぐらいなら楽勝よ」

「まあ、強い魔物じゃないからな。ただ風魔法を使った突進はかなりの速度だし、小さいから攻撃を当てるのが大変で苦戦する人もいるって聞いたことがある。実際アドルフは、ビッグボアの方が弱いって言ってたな」

アドルフみたいに力はそこそこあるけど技術と素早さがないタイプは、攻撃が当たる的が大きいほどいいのだ。

「そういう人もいるのね」

「そうなんだ……って、あれじゃない？　ルーカの実」

ルーカの実はとても綺麗な青色で、拳大サイズの果物だ。木の高い部分に生っているから、木登りをして採るか魔法を駆使して採るかの二択になるが、今までの俺は必然的に木登りをするしかなかった。

ただ、これからは魔法で簡単に採れる。ウィンドカッターで実を傷つけないように枝を切り、ウォーターボールで受け止めるのが一番かな。

思いついた手順で試してみると……上手くいった。さすが魔法だ。

「やっぱり魔法って便利ね。わたしも使えたらいいんだけど」

「レベッカは魔力量が少ないんだっけ？」

「そうなのよ。土属性なんだけど、指先に乗るぐらいの砂粒しか作り出せないわ」

「それだと……鍛錬したとしても難しいか」

魔力量は鍛錬で少しは増やせるが、増やせると言っても限度がある。やっぱり元々の魔力量に左右されるのだ。

「まあ、わたしは弓で頑張るからいいわ」

「確かに魔法に時間をかけてるなら、弓を練習した方がいいな」

「そう……ん？」

レベッカが突然遠くに視線を向けて黙ったのを見て、魔物でも現れたのかと辺りを見回した。

しかし慎重に見回しても何も視界に入らず、レベッカが何を気にしているのか分からない。

「どうした……」

「しっ！　静かにっ」

俺の声を遮ったレベッカは、耳に手を当てて遠くの音を聞こうと眉間に皺を寄せた。

何か聞こえるのか……？

「さっき人の呻(うめ)き声と、何かが叩きつけられるような音が聞こえた気がする」

その言葉に俺も耳をすませてみると、魔物の足音と鳴き声、それから地面を蹴る音などが聞こえてきた。

「……向こうだな」

これは魔物の群れかもしれない。興奮している様子から、獲物を倒したとも考えられる。その獲物が人だったら……。

「見に行こう」

レベッカと視線を合わせてそう伝えると、レベッカはすぐに頷いてくれた。

「何がいるか分からないから、慎重に行くわよ」

「ああ、分かった」

それから弓と剣を構えてできる限り足音を殺して森を進むと……数分後に視界に飛び込んできたのは、ホーンラビットの群れに襲われる一人の女性だった。

女性が腹部を抱えるようにして地面に横たわり意識を失っているところを見るに、ホーンラビットが陰から突進してきたのに気づかず、攻撃をモロに受けてしまったのかもしれない。

「わたしはここから弓でホーンラビットを倒すから、リュカは女性の救出をして」

「分かった。俺もできる限り剣で倒す」

身を潜めていた藪から剣を構えて飛び出し、女性に群がるホーンラビットを蹴散らすため大振りに剣を振るった。

すると狙い通りにホーンラビットはその場から飛び退き、何ヶ所も怪我をして意識を失っている女性だけが地面に残される。

ホーンラビットを意識しつつ女性の状態を確認すると、とりあえず息はあるみたいだ。

その確認をしている間に矢が放たれる音が三回聞こえ、その直後にホーンラビットが地面に倒れる音も同じ回数だけ聞こえてきた。

さすがレベッカだ。ただホーンラビットは全部で八匹いたから、まだ五匹残っている。

「三匹そっちに行ったわよ！」

「了解！」

怪我の治癒はホーンラビットを全て倒してからすることにして、女性を後ろに守るようにして剣を構えた。

ホーンラビットは獲物を横取りされたからか、かなり怒っているようだ。さっきまで倒していたやつらよりも動きが素早く凶暴に見える。

三匹が俺に向かって一斉に飛びかかってきたので、二匹をウォーターボールで吹き飛ばして一匹は剣で切り伏せた。

残りの二匹は仲間が次々とやられて躊躇(ためら)ったのか、少し動きが鈍くなったところをレベッカの矢が貫いた。

「これで全部だな」

「他にはいないみたいね。数が多かったけど、怪我せずに倒せて良かったわ」

レベッカと健闘を讃(たた)えあい、周囲に他の魔物がいないかをもう一度確認したところで、女性の側にしゃがみ込んだ。

「大丈夫？　治せる？」

「多分いけると思う。そこまで酷い怪我じゃないはず」

衝撃に気を失っているだけで、吐いたりはしてなさそうだし顔色も悪くない。それに怪我が多いように見えるが、肌についている傷はほとんどがかすり傷だ。

ヒールをかけてみると女性は僅かに瞼を動かし、ゆっくりと瞳を見開いた。

「大丈夫か？」

状況が飲み込めてなさそうな女性に声を掛けると、女性は何かに驚いたのかガバッと凄い勢いで起き上がって頭に手を当てる。

「あなた、大丈夫？　ホーンラビットに襲われて意識を失っていたのよ」

「は、はい。覚えてます。あの……少しだけ待っていてもらえますか。色々と混乱していて」

それから女性はしばらく顔を俯かせながら固まっていたが、一分ほどで顔を上げた。

「お待たせしてすみません。あなたたちが助けてくださったのですよね？　本当にありがとうございます。お二人がいなければどうなっていたか……」

女性はなんだか優雅な仕草で立ち上がると、深く頭を下げた。

「もう体調は大丈夫なのか？　一応ヒールをかけたんだが」

「はい。どこも痛いところはありません」

「それなら良かった」

服装は冒険者らしいが、動きや口調が全く冒険者らしくない不思議な女性だな。それにギルドで一度も顔を見たことがない気がする。

「なんでこんな場所にいたの？　ソロ冒険者？」

レベッカも俺と同じ疑問を抱いたのか、首を傾げてそう問いかけた。

「……いえ、私は商会で働いていて、この街に滞在してるんです。今日は一日休みだったので、この街を色々と見て回る中で街の外にも少し行ってみようと思いまして……魔法が使えるから大丈夫だと思っていたのですが、考えが甘かったです」

女性は俺たちから目を逸らし、早口でそう述べた。

「いくら魔法が使えるって言っても、慣れてないと危ないんだからね」

「今回のことで身に染みました。これからは無謀なことはしません。……あの、名乗りもせずに失礼いたしました。私はアンと申します。お二人のお名前をお聞きしても良いでしょうか？」

女性から名乗られて、そういえば名前も伝えてなかったなと思い出す。

「俺はリュカだ」

「わたしはレベッカ。二人でパーティーを組んでる冒険者なの」

「リュカさんとレベッカさんですね。今回は本当にありがとうございました」

アンはまたしても丁寧に頭を下げて、口元に笑みを乗せながら感謝の言葉を伝えてくれた。

商会で働いてると、こんなに礼儀正しく優雅になるのだろうか。今までの人生で会ったことがないタイプで調子が狂う。

「アンはこれからの予定は決まってるの？」

「そうですね……とりあえずもう街の外は懲り懲りなので、街の中に戻ってお昼ご飯でも食べようかと思います」

「そうなのね。じゃあわたしたちが街まで送るわ。また帰りに魔物に襲われたら大変だもの。一緒にお昼も食べましょう。一人より複数人の方が楽しいでしょ？」

レベッカがアンにそんな提案をしてから俺に視線を向けたので、了承を示すために頷いた。するとレベッカはアンに視線を戻し、アンは躊躇いながらもゆっくりと口を開く。

「……ご迷惑ではないでしょうか？」

「別に気にする必要はないわ。それに、もう迷惑をかけられているもの」

レベッカのその言葉に瞳を見開いたアンは、その言葉をどう取っていいのか分からないらしく、困惑の表情を俺に向けた。

「今のはレベッカの照れ隠しだから気にしないで。要するに、仲良くなりたいってことだから」

「ちょっ、リュカ！　別にそうは言ってないでしょ！」

レベッカの言葉をとりあえず流して、アンに笑みを向けた。

「素直じゃないけど凄くいい子だから、もしよければ俺らと一緒に行かない？」

そこまで聞いたところでアンはレベッカの性格を理解したのか、綺麗な笑みを浮かべて頷いてくれた。

レベッカは小さな頃からお母さんと妹の世話をしながらお金を稼ぐために、大人の世界で必死に生きてきた。だからこその強気な性格になったのだろう。これからはレベッカの良さを分かってくれる人が増えたらいいな。

「では、よろしくお願いします」

「じゃあ行くわよ。……そうだ、これから一緒に行動するなら、そんなに堅苦しい話し方じゃなくていいわ」

アンのことを振り返ってレベッカが発したその言葉に、アンは頬を緩めて頷いた。

「ありがとう。よろしくね」

それから三人で街に戻った俺たちは依頼達成報告を済ませ、二人がいつもご飯を食べているところに行ってみたいというアンの言葉で、冒険者ギルド内にある食堂に向かうことになった。

食堂でそれぞれ好きな料理を注文すると、レベッカがテーブルに身を乗り出してアンの顔を覗き込む。

「それで、ご飯を食べたらどこに行く？」

「おい、午後も一緒に行く前提なのか？　アンにも予定があるんじゃ……」

「あっ、そうね。午後は何か予定がある？　もしなければ一緒に街を回らない？　わたしはこの街で生まれ育ったし、リュカも何年も住んでるから詳しいわ」

レベッカとアンはギルドに戻ってくるまでの道中で仲良くなり、特にレベッカはアンと仲良くなれて凄く嬉しそうだ。今までは同年代の友達と遊ぶ暇もなかっただろうから、こういうのは初めてなのかもしれない。

「午後の予定は何もないわ。案内をお願いしても良いかしら？」

「もちろんよ！　どこに行くのがいいかな……わたしのおすすめは、たくさんの綺麗な花が咲いてる広場ね。後は舞台を見るのもあり？　それから、ありきたりだけど市場で買い物とか」

「そうね……私はお買い物がしたいわ。何か今日の思い出になるものを」

「それいいわね！　例えば鞄につけるアクセサリーとか？」

その提案にアンが嬉しそうに笑い、午後の予定はアクセサリー選びに決まった。

レベッカは今までお金がなくてアクセサリーを買うことはできなかったが、綺麗なアクセサリーを見て回るのは好きで、どこにどういう商品が売っているのかは詳しいらしい。

「レベッカって街を見て回る時間もあったんだな。良かったよ」

「……どういうこと？」

「いや、もっと時間に追われて大変な毎日だったのかと思ってたから、今までも楽しい時間があって良かったなって」

「──そういうことをサラッと言うんだから」

レベッカはボソッと何かを呟くと、少しだけ唇を尖らせてから俺に視線を向けた。

「これからはもっと楽しいことをするわよ。わたしたちなら、お金がなくて依頼に追われてってことにはならないでしょ？」

「そうだな。余裕はできると思う」

「じゃあ、おしゃれな服をたくさん買いたいわ。それに美味しいものも食べまくるわよ！」

レベッカのその言葉が嬉しくて、自然と笑顔になり頷いた。

「二人は仲が良いのね。羨ましいわ」

「アンは仲がいい人はいないの？　商会の同僚とか」

「そうね……声を掛けてくれる人はいるけれど、仲が良いかと言われると少し違うわね」

「そうなのね。じゃあ、わたしたちと友達になればいいわ。この街にいる期間だけになっちゃうかもしれないけど……」

近いうちに来る別れを実感したのか、だんだんと勢いがなくなったレベッカの言葉だったが、アンはとても嬉しそうに微笑んだ。

「ありがとう。レベッカ、リュカ。あなたたちと出会えて良かったわ」

「お、大袈裟よ。じゃあ、早く食べてアクセサリーを選びに行くわよ！」

それから可もなく不可もないギルドの安い昼食を食べてから、この街の中で特に賑わう市場に向かった。

大通りにずらっと屋台が並んでいて、広場にもたくさんの屋台がひしめき合っている。

「わぁ、凄い数ね」

「ここがこの辺で一番賑わってるんだ。あっ、あそこにアクセサリーを売ってる店があるな」

「本当ね。まずはあそこに行きましょう」

三人でその店に向かうと、店員の若い女性がにこやかに対応してくれた。

「いらっしゃいませ。どのようなアクセサリーをお探しですか？」

「鞄につけられるものを探してるの。三人でお揃いがいいんだけど」

「そうですね……三つ在庫があるものとなると、こちらのデザインしか今はございません」

少し申し訳なさそうに差し出してくれたアクセサリーは、葉の形を模った大きな飾りが一つだけ付いたものだった。

「うーん、もう少し可愛らしさがあるものがいいわね」

「私もそう思うわ」

「あの……お二人さん？　俺はあんまり可愛いものは避けたいんだけど……」

その言葉は軽く流され、二人は別のアクセサリーにも目を向けている。

……まあ、いいんだけどさ。別に俺のアクセサリーを気にする人なんていないだろうし。

「他のお店に行きましょうか」

「そうね。次は広場のお店に行かない？　わたしのおすすめがあるの」

「それは楽しみだわ。ではそこに行きましょう」

次の店は広場に布を敷いて、ひっそりと展開された店だった。

開いているのは髪が長くて暗い雰囲気の男性だ。しかし並べられているアクセサリーは店主とは真逆の印象を受けるもので、とても綺麗で繊細で可愛らしい。

「レベッカ、これとても綺麗じゃないかしら」

「どれどれ……あっ、本当ね！　石の色が違うものもあるのね」

二人が手に取っているのは、小さな花がいくつも連なるシルバーアクセサリーだ。その真ん中の花にだけ色付きのガラスが嵌め込まれている。

「それなら俺にもいいいな。青なら可愛さはそんなに強調されないし」

「確かにリュカにも合うかも。わたしは……ピンクかな」

「私は黄色が良いかしら」

それぞれ好きな色を言ったところで顔を見合わせて、反対意見はなくこのアクセサリーを買うことで決まった。

一つ銀貨一枚なので、少し高い夜ご飯ぐらいの値段だ。

「気に入ったものが見つかって良かったわね」

「ええ、本当に楽しかったわ。……レベッカ、リュカ、今日はありがとう」

「え、もう帰るの……？」

「夕方には予定があって、そろそろ帰らなければいけないの」

アクセサリーを大切そうに胸に抱えながらそう言ったアンは、寂しそうな笑顔だ。

「そ、そうなのね……予定があるなら、仕方がないわ。また暇な日があったらギルドに来て、わたしが街を案内するから」

「レベッカ、ありがとう。もしまた遊べる日があれば、ギルドに行くわ」

「絶対よ……来なかったら許さないんだから！」

レベッカはアンの様子でもう会えないかもしれないと悟っているのか、瞳を僅かに潤ませながらそんな言葉を口にした。アンはその言葉に寂しげな笑みを浮かべて、俺たちに背を向ける。

「アン――アクセサリー、大切にする」

最後にそれだけは伝えておこうと声をかけると、アンは一瞬だけこちらを振り返って小さく手を振り、すぐに雑踏へと消えていった。

アンを見送った俺たちは、楽しい気分にもなれなくて指先でアクセサリーをいじりながら、日が傾き始めた街の中を歩く。

「……また会えると思う?」

「どうだろうな……訳ありぽかった気がするから、難しいかも」

「やっぱりそうよね。凄くお上品だったし、どこかの大きな商会のお嬢様かも」

「可能性はありそうだな」

レベッカは寂しそうな横顔でアクセサリーをじっと見つめると、丁寧な手つきで鞄の中に仕舞った。

「付けないの?」

「……なくしたくないもの。わたし、お揃いで物を買ったの初めてだから」

そう言われると……俺もそうかもしれない。村に住んでいた時は買い物をする機会がほとんどなかったし、街に来てからはそんな余裕がなかった。

「じゃあ、俺たちで何かお揃いのものを買おうか。気軽に付けられるようなやつ。俺たちならずっと一緒にいるんだから、なくしたらまた買えばいいし」

ふと思いついたことを口にすると、レベッカはポカンと口を開いたまま俺の顔をしばらく見つめ、だんだんと顔を赤くしていった。

「リュ、リュカが欲しいなら、買ってあげないこともないわ……」

「ははっ、ありがと。じゃあ見つけにいこう。何がいいかな……実用的な物ならベルトに付ける装飾とか？　ちょっとおしゃれな布もありかな。でも布ってすぐ汚れるか」

「お財布は……？　リュカってちゃんとしたお財布を持ってないでしょ」

「それ、ありかも。でも高かったらもう少し稼いでからだな」

「その時はその時よ。とりあえず見に行きましょう！」

レベッカはさっきまでの悲しげな表情を消し去り、楽しげに頬を緩ませて近くの店に向かっていった。

そんなレベッカを追いかける俺の足取りも、とても軽いものだった。

◇

王都の貴族街をメイドの格好で歩く一人の女がいた。その女は急いでいるのか顔を俯かせながら、足早に目的地へと向かう。

「遅くなったわね……早く帰らないと、夕食前の身支度をする時間になってしまうわ。そこで私がいないことがバレたら、お父様にどれほど怒られるか」

女はポツリとそう呟くと、焦りを落ち着かせるためか手に持っている何かをぎゅっと握りしめる。シャランと綺麗な音を響かせたそれは……シルバーアクセサリーのようだ。

花の形が不揃いで色ガラスの発色もそれほど良くない安物だが、女は大切そうにアクセサリーを見つめた。

「……あんなに楽しかったのは、初めてかもしれないわ」

しばらくアクセサリーを指先でいじりながら優しい笑みを浮かべ、しかし高い壁に近づいたところで笑みを引っ込めて、アクセサリーも懐へ仕舞った。

壁の色が少し変わっている部分を押すと細身の人間が何とか通れるほどの穴が開き、その穴に女は体を滑り込ませる。中に入ったら壁を元通りに直して証拠隠滅だ。

壁の中には綺麗な庭園が広がっていて、女はその中にある東屋に足を運んだ。そして東屋の椅子に腰掛けた――と思った瞬間に、忽然と姿を消す。

その様子を見ている者は誰もいなかったが、誰かが見ていたならば幽霊か何かだと騒ぎになったこと間違いなしだろう。

それから十分ほど東屋には沈黙が流れ……またしても突然、何の前触れもなくその場に女が姿を現した。

今度はメイド服姿の女ではない。豪奢なドレスを身に纏った高貴な女性だ。

「……楽しい時間は終わりね」

女性はそう呟くと、椅子から優雅に立ち上がり綺麗な庭園の裏側に回った。そして庭園の中に建つ立派な建物の側に氷魔法で階段を作ると、それを登って三階のベランダに降り立つ。

火魔法で氷を溶かしたら証拠隠滅は完了だ。

室内に入った女性は机に座って本を開くと、机上に置かれたベルを鳴らす。

チリンッという涼やかな音色が響き渡った数秒後、女性の部屋のドアがノックされた。

「お呼びでしょうか」

「そろそろ勉強は終わりにするわ。お茶を持ってきてちょうだい」

「かしこまりました」

数分後に女性の部屋へと入ってきたのは、メイド服に身を包んだ小柄な少女だ。

「お待たせいたしました。……お勉強は捗られましたか？　集中したいから昼食も呼ばないで欲しいなど、無茶な学び方は今回限りにしてくださいませ。私……アンリエット様が倒れていないかと心配で心配で心配で」

「ふふっ、ありがとう。そんなに心配しなくても大丈夫よ。そろそろ出発まで時間がないから忙しいの。でももう無茶は止めるわ」

「そうしてくださいませ……！」

少女は涙目でアンリエットと呼ばれた女性に懇願している。

「ではそろそろ夕食に向かう準備をいたしましょう」

「かしこまりました。準備は整っておりますのでこちらへ」

部屋を出る前に一度だけ振り返って窓の外を見たアンリエットの表情は……悲しげに歪んでいた。

第四話＊逆恨みと返り討ち

リュカのやつ、絶対に許さねぇ。あいつのせいで俺が恥をかくことになったんだ……！

今まで世話してもらった恩も忘れて、呪いが解けて強くなった途端にパーティーから抜けるとか……最低な野郎だ！

「アドルフ、これからどうするのよ。私はもう嫌よ、ギルドに行くたびに笑われる毎日なんて」

「リュカに捨てられた哀れなやつらって馬鹿にされるのも嫌。どうにかして」

ジャンヌとロラは不機嫌さを隠そうともせず、俺に文句をぶつけてくる。

「今考えてるんだから静かにしてろ」

「何よそれ、私たちの話も聞いてくれたっていいじゃない。アドルフはいつもそうよね。リュカをパーティーに入れた時だって、何の相談もなかったわ」

「リュカを虐めるのだって、最初はアドルフが始めたこと」

二人のその言葉にイラッとして、乱暴に椅子から立ち上がった。

いつもいつも俺に責任をなすりつけようとしやがって……自分じゃ何も決められねぇくせに！

「お前らだって楽しんでたじゃねぇか！」

「別に楽しんでたわけじゃないわよ！　ただ最初の頃にリュカを庇ったら、あんたが私をパーティーから追い出そうとしたんじゃない！」

「……アドルフのやり方は横暴。私たちの意見も聞いてくれない」

「なんだよお前ら！　俺に文句があるなら出ていけよ！　お前らみたいな弱いやつら、俺がパーティーを組んでやってるのも今だけだ！」

感情に任せて二人に怒鳴り返すと、ジャンヌとロラは俺を睨みつけてくる。そして何も言わずに部屋を出ていき……俺は一人になった。

――こうなったのも、全部あいつのせいだ。

ギリっと奥歯を噛み締めて、リュカへの怒りを拳に乗せてテーブルを殴った。絶対に、あいつも同じところまで落としてやる。

◇

ある日の夕方。リュカとレベッカはいつものように街の外で依頼をこなし、街中に戻ってきた。二人が依頼達成報告を済ませてギルドを出たのは、日が沈み始める頃だ。

「レベッカ、また明日」

「ええ、いつもと同じ時間ね。……そうだ、明日はそろそろダンジョンの依頼を受けない？　わたしたちの連携に問題はないし、行ってもいいんじゃないかと思ってたのよ」

レベッカのその提案に、リュカは少しだけ悩むそぶりを見せたが、すぐに頷いた。

「そうだな。ただレベッカはダンジョンが初めてなんだし、できる限り慎重に行こう」

「それはもちろんよ。ふふっ、明日が楽しみね」

レベッカは好戦的な笑みを浮かべて、楽しそうに矢に手を添える。そんなレベッカの表情を見て、リュカは苦笑を浮かべた。

「明日のために今日は早く休むか」

「ええ、わたしもそうするわ。じゃあリュカ、明日は絶対に寝坊厳禁よ！」

レベッカはリュカにビシッと釘を刺すと、自宅に向かうために狭い路地へ入った。人通りはほとんどなく街灯もないその路地は、この時間帯では少し不気味な雰囲気が漂っている。

「ついにダンジョンに行けるわね。バンバン魔物を倒しまくって、リュカを驚かせてやるんだから」

しかしレベッカは慣れているからか気にしていないようで、明日へのやる気を漲らせて拳を握りしめた。

「そしてリュカに、ちょっとでも褒めてもらえたら、嬉しいというかなんというか……」

自分で発した言葉に自分で照れて足を止めたその瞬間、レベッカの耳が何かの音を拾った。

今の発言が聞かれていたかもしれないと慌てて辺りを見回し、誰もいなかったので体ごと後ろを振り返ると――

至近距離に、ローブ姿の男がいた。

「きゃぁあっ……っうぐっ」

男は咄嗟に叫んだレベッカの口を無理やり手で塞ぎ、手加減なしにレベッカの腹を膝で蹴る。

「ガハッ……ゴホッゴホッ……っ」

腹を抱えて地面に蹲ったレベッカの首筋に手刀を落としたその男は、口元に嫌な笑みを浮かべてレベッカを抱えた。

そしてすでに遠くの様子は見渡せないほど暗くなった裏路地に、僅かな靴音だけを響かせ消えていった。

◇

「リュカさん、お手紙届いてますよ～。すぐに渡して欲しいってことだったので届けにきたんですけど、まだ寝てますかね？」

ん……うぅ。ドアを叩く音と人の声によって起こされ、眠い目を擦ってベッドから起き上がった。窓の外を見るとまだ明るくなり始めた時間だ。

なんでこんな時間に手紙なんか。そう思いながらドアを開けると、宿で働く若い男性が困惑顔で立っていた。

「……手紙ですか？」

「はい。ついさっき男性がリュカに今すぐ渡せって置いて行かれて。多分リュカさんのことだと思うんですけど」

「そうですか……ありがとうございます。すぐに読んでみます」

男性に礼を告げてドアを閉め、ベッドに腰掛けてから手紙を開けてみると……そこには衝撃の内容が書かれていた。

――リュカ、今すぐいつもの倉庫に来い。武器は持ってくるんじゃねぇぞ。来なかったら仲間の女がどうなっても知らねぇからな――

「あいつ……っ！」

差出人の名前は書かれていないが、この筆跡は間違いなくアドルフだ。

そして仲間の女っていうのはレベッカだろう。俺に逆恨みして、レベッカを攫った……？

レベッカの現状に嫌な想像が頭の中を駆け巡り、拳を強く握ると爪が手のひらに食い込んだ。

レベッカに手を出してたら……絶対に許さない。早く、早く助けに行かないと。

『セレミース様！　レベッカがアドルフに、俺の元パーティーメンバーに攫われてしまって！』

『リュカ、状況が分からないわ。落ち着きなさい』

『とりあえず……レベッカが危ないんです！　武器を持ってくるなって言われたので、神域に武器を置かせてください！』

とにかく急がないとレベッカが何かされるかもしれないと焦り、ベッド脇に置かれていた剣を持つとすぐ神域に向かった。

いつもの定位置に降り立つと……目の前にセレミース様がいる。

「リュカ、大丈夫なの？」

「はい、いや、分からないです。これから助けに行くんですが……すでに何かされてるかも」

その言葉を聞いて眉間に皺を寄せたセレミース様は、俺の肩に手を置いて真剣な表情で口を開いた。

「レベッカが何かをされていたら、仮初の平和を使いなさい。ダメージをそいつに移してやるのよ。それならどんなに酷い怪我をしていても、レベッカは一瞬で治るから。光魔法よりよほど早いわ」

そうか……俺にはセレミース様からもらった特別な能力があるんだ。

「仮初の平和って、どうやって発動するんですか？」

「ダメージを受けた対象者に近づいて、ダメージだけを体から抜き出すようにするの。紫色のモヤが出てくるから、それを相手にぶつけなさい。モヤは自由に動かせて、固めると素早く動かしやすくなるはずよ。五分経過による爆発には気をつけなさいね。爆発の規模はダメージ量によるけれど……レベッカが耐えられる量ならば建物が壊れることはないでしょう」

紫色のモヤとしてダメージを抽出して、それをアドルフにぶつければいいんだな。

「分かりました。レベッカが怪我をさせられていたら、アドルフに移します」

「ええ、頑張りなさい」

セレミース様の黒い笑顔に背中を押され、拳を握りしめて下界に戻った。

宿の部屋に降り立った俺は、服だけ着替えて何も持たずに宿を飛び出す。そして今まで何度も足を運んだ、忌々しい記憶が蘇る倉庫に向かって全力で駆けた。

アドルフがいつもの倉庫と言う場所は、人通りが少ない路地裏にある、鍵が壊れた倉庫のことだ。持ち主が放置しているのか中にはいくつかの木箱があるだけの倉庫は、俺たちの鍛錬場所となっていた。

ただ鍛錬なんて口だけで、実際はアドルフが俺への稽古をつけるという名目で、俺を痛めつけることを楽しむ場所だ。あそこで今この瞬間にもレベッカがアドルフと一緒にいることを考えるだけで、俺の中で強い怒りが湧き上がってくる。

その怒りに任せてひたすら足を動かすと……しばらく来ていなかった倉庫が見えてきた。扉の前で数回の深呼吸をして息を整え、勢いよく扉を開く。

「アドルフ！　来たぞ！」

「やっと来たか。……遅ぇんだよ！」

倉庫の奥にいるアドルフは怒りと愉悦が入り混じった不気味な表情で、近くに置かれていた木箱を思いっきり蹴り飛ばした。

そんな木箱のすぐそばには、口を布で塞がれ手足を縛られたレベッカがいる。

その光景を見た瞬間に怒りで飛び掛かりそうになったが、アドルフが取り出した鋭いナイフを見て寸前で足を止めた。

「動くな。動いたらこいつの命はないぜ？」

ナイフはレベッカの頬に突きつけられ、頬からは一筋の血が流れる。

レベッカの様子をよく見ると、服に覆われてないところだけでも無数の傷があるみたいだ。それに、顔もかなり腫れている。

「うう～、うぅっ！」

「うるせぇ！　静かにしてろ！」

俺に何かを伝えようと思ったのか声を発したレベッカを、アドルフが思いっきり蹴り飛ばした。

本当にあいつ……許さない。

奥歯を噛み締めて拳を固く握り、レベッカに安心してもらおうと努めていつも通りの声を出す。

「レベッカ、俺は大丈夫だから。……アドルフ、こんなことして何がしたいんだ」

レベッカに笑いかけてからアドルフを睨みつけると、アドルフは一気に顔を怒りに歪めた。

「リュカ……お前のせいで、お前のせいで俺は恥をかいたんだ！　今まで築き上げてきた地位もなくした！　全部、全部お前のせいだ……！」

酷い逆恨みだな……俺のせいじゃなくて、自分がしてきたことの報いを受けてるだけだろ。それに築き上げてきた地位って、そんなの取り巻き連中にちょっとちやほやされるぐらいの低い地位しかないくせに。

そう言い返したかったが、さすがにレベッカがアドルフの手中にある中では言えずに口を閉じた。

「それで、何が望みなんだ」

「はっ、その余裕そうな態度もムカつくんだよ……！」

アドルフはそう言って俺を睨みつけると、何かを思いついたのか楽しそうにニヤッと嫌な笑みを浮かべて、足で床を叩いた。

「とりあえずここに来い。一発殴らせろ。ギャハハハッ、お前に拒否権はないぜ？　この女の命が惜しいなら早く来い！」

アドルフのその言葉に少しだけ躊躇い、しかしレベッカの姿を見て意を決したように――演技をしながら、内心ガッツポーズをしてアドルフに向かって一歩ずつ近づいた。

レベッカの体に一部分でも触れられさえすれば、一緒に神域に行ける。レベッカを取り返せたらこっちのものだ。

「ギャハハハッ、早く来い！」

「……分かった」

卑しい笑いを浮かべながらレベッカに突きつけたナイフをゆらゆらと揺らすアドルフに視線を向けながら、ゆっくりとアドルフの足元に跪き…………アドルフが俺を殴ろうと体に力を入れたその瞬間、レベッカに向けて手を伸ばした。

そして神域転移を発動して――無事に、レベッカを取り戻すことに成功した。

「レベッカ‼　大丈夫⁉」

「リュカ、上手くやったわね」

「見ていたのですか？」

「ええ、早く仮初の平和を使いなさい」

「分かってます。その前にこの布を……」

ナイフは宿に置いてきてしまったので持ち込んでいた剣で上手く布を解くと、レベッカが大きく息を吸った。

「ゴホッ、ゴホゴホっ……」

「レベッカ、大丈夫？　足と手も解くからちょっと待って欲しい。……本当にごめん。俺のせいでこんな目に遭わせて」

「べ、別に、リュカのせいじゃないわよ。悪いのは、あの馬鹿じゃない。それに、わたしがもっと強ければ……」

レベッカはそう言って、悔しそうに表情を歪めた。

「レベッカは強いよ。アドルフは強いんじゃなくて、卑怯なだけだ」

「……ふふっ、確かにそうね。じゃあ悪いのは全部あいつよ」

「レベッカ……本当にありがとう」

それから手足を縛る布も外し、横たわるレベッカの側に膝をついた。そして体に手を翳し、仮初の平和を発動する。

能力の発動は一発で成功した。レベッカの体から紫色のモヤが立ち上り、それと同時に怪我がみるみる治っていく。

十秒ほどでレベッカは完治し、俺の目の前には見るからに触れたら危険そうな、紫色の何かが浮かんでいた。モヤというよりも、紫色をした雷雲だ。バチバチと音を鳴らしながら、紫雲の中は嵐のように荒れ狂っている。

「凄いわね……本当に一瞬で治ったわ」

「もう辛いところはない？」

「ええ、大丈夫よ」

レベッカがいつも通りの笑みを浮かべたのを確認してから、目の前に浮かぶ紫雲に視線を戻した。紫雲を球状に纏めようと意識してみると、色濃く変化しながら紫球になる。

「リュカ、五分以内よ」

「はい。じゃあレベッカはここにいて。アドルフを倒してくるから」

「分かったわ。思いっきり頼むわよ！」

「ははっ、了解。セレミース様、アドルフの様子はどうでしょうか？」

水鏡を覗き込むセレミース様に問いかけると、黒い笑みを浮かべて「今すぐ戻りなさい」と言ってくれた。

「倉庫の中で呆然と立ち尽くしてるわ。ふふっ、間抜け面ね」

「ありがとうございます。では行ってきます」

レベッカに向けて笑みを浮かべてから、紫球と共に神域転移を発動した。

倉庫の中に戻ると、ちょうど目の前に呆然と立ち尽くすアドルフがいる。

アドルフは俺が現れたことで腰を抜かしたのかその場で尻餅をつき、幽霊でも目撃したかのような表情で後退った。

しかし、すぐ倉庫の壁にぶつかり顔を恐怖に歪める。

「お、お、お前、な、なんなんだよ……！」

こいつのこんな顔を見れただけで、少しだけ溜飲が下がる。でもこんな程度じゃ許すわけがない。こいつにはレベッカが受けた痛みを、苦しみを、全て体験してもらう。

「アドルフ、お前を心底軽蔑する。お前と一時でも仲間だった自分自身が許せないほどだ」

その言葉を聞いたアドルフは反論しようと思ったのか口を開いたが、恐怖で声が出ないのか、俺のことを化け物でも見るかのような表情で、ガタガタと震えながら見つめ続けた。

そんなアドルフに向かって禍々しい紫球を放ち……球がアドルフの体にぶつかった瞬間、ドンッという腹の奥に響くような衝撃音が倉庫中に響き渡り、アドルフの体が少しだけ跳ねた。

どさっという鈍い音と共に床に倒れ込んだアドルフは、そのまま動かなくなる。

気を失ってる……みたいだな。アドルフの体には、さっきまでレベッカにあった傷と似たようなものが全身に刻まれていた。

『セレミース様、終わりました』

『ええ、見ていたわ。レベッカがそっちに行きたがってるわよ』

『分かりました。迎えに行きます』

レベッカを迎えに行ってまた倉庫に戻ると、アドルフはまだ気を失っていた。

「ふんっ、いい気味ね」

「とりあえず兵士を呼んで事情を説明して、アドルフを捕まえてもらおう」

たださすがにこの怪我はまずいだろう。正当防衛を逸脱して攻撃を加えたって言われる気がする。

「ちょっと、ヒールをかけとくか」

「そうね……ただ外側に見える部分だけにしましょう」

にっこりと笑みを浮かべているのに、どこかヒヤッとする雰囲気を漂わせたレベッカを見て、俺はその通りにしようと上手くヒールを調節した。

「これでいい？」

「ええ、大丈夫そうよ。じゃあ……兵士はわたしが呼んでくるわ。リュカはアドルフを見張っていて」

「分かった。気をつけて」

それからしばらく待っていると、倉庫には五人の兵士がやって来た。兵士たちは気を失っているアドルフと俺のことを交互に見つめ、まだ半信半疑ながらもアドルフを拘束する。

「レベッカさんからこの男、アドルフに攫われて暴行を受け、そこをリュカさんに助けられたと聞いたのですが、正しいですか？」

五人の中で一番年配の兵士が聞いて来た質問に、しっかりと頷いて肯定を示す。

「そうです。今朝泊まってる宿の従業員に、男から手紙を渡して欲しいと言われたと、こちらの手紙を受け取りました」

証拠となるだろうと保存しておいた手紙を渡すと、兵士の表情が真剣なものに変わった。

「いつもの倉庫というのは？」

「アドルフと俺は元パーティーメンバーで、仲間だった頃にこの倉庫を使っていたんです。鍛錬に最適な広さですから。……無断使用はすみません」

持ち主に何か言われたらしっかり賠償しようと思って頭を下げると、兵士はとりあえずそっちは後で聞きますと言って、今回の事件に話を戻した。

「元パーティーメンバーということは、今は違うのですね？」

「はい。四人パーティーだったのですが、俺だけ抜けました」

それからアドルフとジャンヌ、ロラとの確執について話をすると、兵士たちの視線が同情混じりのものに変わっていった。

「動機は確実にあるということですね。そして手紙という証拠もある。……これは確定だな」

兵士の男性はボソッとそう呟くと、部下なのだろう四人の兵士に次々と指示を出していった。

「アドルフは被疑者として兵士詰所に連行し、これから数日かけて捜査を行います。罪が確定となれば正式に捕えられることになりますが、それまでも詰所の外には出られないのでご安心ください。それから捜査にあたってリュカさんとレベッカさんにもお話を伺いたいのですが、明日からのご予定をお聞きしてもよろしいでしょうか？」

「俺たちは冒険者なので、いつでも予定は空けられます。ただ朝早くに依頼へと向かってしまうので、できれば事前に日程を決めていただけると助かります」

「かしこまりました。では二日後の午前十時、詰所に来ていただけますか？」

「分かりました。その時間に伺います」

それから俺たちは気を失ったまま連れて行かれたアドルフを見送り、兵士の皆さんに挨拶をして倉庫を後にした。

◇

兵士たちが詰所に帰還し、事件の捜査を開始してから数時間が経過した。

「報告します！　近くに住む女性が被害者を運ぶ被疑者を見たと証言しております。夜遅い時間だったため酔っ払いだと思ったそうなのですが、少し雰囲気が異様で覚えていたそうです」

一人の兵士が有力な情報を、捜査班の隊長に伝えた。

「ほう、目撃者がいたか。では目撃証言から割り出した倉庫までの経路を中心に捜査を進めろ」

「かしこまりました」

「これはもう、ほぼ被疑者の犯行で間違いないな。そもそも被疑者は今回だけでなく、日常的に暴力を振るっていたそうじゃないか」

アドルフに関する調査結果に目を向けつつ、隊長は呆れた様子で溜息を吐いた。

「冒険者間での暴力に関しては、見逃されている部分が多いですからね……」

「怪我が多い職種であり、魔物によるものなのか人によるものなのか、はっきりと区別できないのが難しいな」

　隊長が他の兵士とそんな話をしていると、またしても一人の兵士が報告にやってきた。

「隊長、被疑者のパーティーメンバーである二人の所在が分かり、現在こちらに向かっております」

「そうか。では私が対応しよう。隣の部屋に一人ずつ連れてきてくれ」

「かしこまりました」

　それから準備が整えられ、まず隊長と向き合ったのはジャンヌだ。ジャンヌはなぜ自分が詰所に呼ばれたのかもよく分かっていないようで、困惑の面持ちで部屋の中をキョロキョロと見回している。

「ご足労感謝する」

「べ、別に良いけど……なんで呼ばれたの？　私が何かした？」

「いや、ジャンヌさんではなく、パーティーメンバーであるアドルフさんのことです。実はアドルフさんは現在捕えられておりまして……」

　それからアドルフが今回起こした事件を聞いたジャンヌは、顔色を悪くして首を何度も横に振った。

「わ、私は関わってないわよ！」

「そうですか。では昨夜は何をしていたのか、教えていただいても良いでしょうか？」

「き、昨日の夜は、荷物の整理をしてたわ」

「それを証明できる人は？」

「い、いないわよ。……夜なんて一人でいるに決まってるじゃない！　でも私は本当に関わってないわ！　アドルフとは仲違いして出ていけって言われて、もう付いていけないからパーティーを抜けるつもりだったのよ。明日にはこの街を出るわ！」

　ジャンヌが必死で言い募ると、隊長は冷静にその内容を記録した。そしてそれからもいくつかの事柄を質問し、ジャンヌからの聴取は終わりとなる。

　それから同じようにロラからも聴取をし、似たような話を聞いたところで二人への疑いはほぼ晴れた。

「今回はアドルフによる独断の線が濃厚だな」

　捜査本部である会議室に戻ったところで、隊長は記録を見ながらそう呟く。

「そうですね……俺も同意見です。そうだ、そのアドルフが目を覚ましましたよ」

「そうか。では話を聞きにいこう」

　アドルフは牢屋に入れられているので、隊長が向かう形で聴取が行われることになった。牢屋の中にいるアドルフは、怒りを滾らせて姿を現した隊長を睨みつける。

「おいっ！　俺をここから出しやがれ‼」

「お前は誘拐と暴行、脅迫などの各種容疑で仮逮捕の状況だ。ここから出すことはできない」

「くそっ！　くそくそくそっ‼」

　アドルフはひたすら牢屋の鉄柵を足で蹴り飛ばし、目を血走らせている。

「お前はレベッカさんを攫って暴行を加え、リュカさんを脅した。ここまでは合っているか？」

「はぁ？　ちげぇよ！　俺はあいつが恩義に反することをやってるから、世の中の道理を教えてやろうとしただけだ！」

「……そんな理屈が通るわけないだろ。レベッカさんを攫ったのは事実だな」

「はっ、そんなことやってねぇよ！　証拠がねぇだろ！」

「目撃者がいる。リュカさんに送り届けた手紙もお前の筆跡だった。それにリュカさんの宿の従業員がお前の顔を見ていた。これでも言い逃れするのか？」

その言葉にアドルフは射殺さんばかりの視線で隊長を睨みつけるも、何も反論できないようだ。

「分かった。別にお前の自白はどうでも良いんだ。今回はその他の証拠でお前の罪は明らかだからな。……数日で今後の処遇が決まるだろう。それまでここで待っていろ」

隊長はそう言い残して牢屋を後にし、見張りを除いて一人残されたアドルフは、怒りからか自らの唇をガリっと噛み切りながら拳で石壁を殴りつけた。

しかしアドルフには、その行為を止めてくれる者も、怪我をしたことを心配してくれる者も、怒りに同調してくれる者も、諭してくれる者も、誰もいなく一人だった。

◇

二日後の午前十時に詰所へ向かうと、今回の事件の捜査で隊長を務める兵士のもとに案内された。

「リュカさん、レベッカさん、ご足労いただきましてありがとうございます。レベッカさんは体調などに問題はないでしょうか？」

「はい。全く問題なく、元気に過ごしています」

「そうですか。それは良かったです。ではさっそくお二人からもお話を聞きたいのですが……」

それから当日に起きたことを再度詳しく聞かれ、さらにアドルフとの過去についても話をしたところで、特に問題はなかったようで話は終わりとなった。

「これからの流れですが、被疑者の処遇が決まり次第、お二人にはその内容を伝えさせていただきます。そこで今回の事件に関する一連の捜査は終わりとなるのですが、問題ありませんでしょうか？」

「はい。……あの、アドルフへの処罰はどの程度のものになるのでしょうか」

もし数週間で日常生活に戻れるようなものだった場合、この街から早々に移動しようと思って問いかけると、隊長の口から語られたのは予想以上に重い罪だった。

「これは私の推察ですが、半年は牢屋から出てこられない上に、出所後も数年は行動範囲が制限され監視がつくと思われます。更生施設のような場所で働くことになるでしょう」

そんなに自由になるまで時間が掛かるのなら、レベッカがまた襲われる心配はいらないな。その事実に安心して、思わず口角が上がってしまう。

「教えてくださってありがとうございます」

「いえ、当然のことでございます。……本来ならばここで終わりなのですが、本日はもう一つお話がありまして……実はジャンヌさんとロラさんから、リュカさんと話がしたいとの要望がありました。本日別室にて待機してもらっていますが、いかがいたしますか？」

二人が俺に話したいことって……なんだろう。また嫌味でも言われるのだろうか。

「……話します」

少しだけ緊張しつつも、ここで話さずにまたレベッカに何かをされたら嫌だと思い頷いた。

「かしこまりました。では呼んで参りますので、こちらでお待ちください」

隊長が部屋を出て行くのを見送ると、隣に座っていたレベッカが俺の顔を見上げながら口を開く。

「別に話してあげる義理はないんじゃないの？」

「そうだけど、気になるから。それに三人のことは嫌いだけど、トラウマにはなってないから大丈夫」

本心からそう告げると、レベッカはじっと俺の瞳を見つめてから、顔を正面に向けた。

「そう。……もしあの二人が何か言ってきたら、わたしがガツンと言ってやるわ！」

「それは心強いな。ありがと」

「べ、別にリュカのためじゃないわ。わたしが一言言わないと気が済まないのよ！」

レベッカが俺から顔を背けながらそう言ったところで、部屋の扉がノックされ隊長が中に入ってきた。その後ろに続くのはジャンヌとロラだ。

しかし二人は予想していたような表情ではなく、落ち込んでいるような、憑き物が落ちたような、そんな表情を浮かべていた。

「――リュカ、今までごめんなさい。あなたには本当に悪いことをしたと思ってるわ。今日はどうしても謝りたいと思って、時間を作ってもらったの」

「私も、ごめん。アドルフに流されたって言い訳はしたくないけど、リュカには何を言ってもいいと思ってた」

二人の口から謝罪の言葉が出たことに、心底驚いてすぐに言葉を返せない。

「許してくれない……わよね」

ジャンヌが俯き加減で俺の表情を窺いながらそう発したところで、やっと俺の口が動いた。

「……正直、凄く驚いてる。今までの恨みは忘れられないし許せないが……また出会いからやり直したい気持ちは、少しある」

俺が最初にパーティーに入った時、アドルフは最初から今のままだったが、ジャンヌとロラは今よりも優しかったのだ。ただ少しずつアドルフに寄っていき、優しさはかけらもなくなった。

別の形で出会っていたら、もう少し仲良くなれたんじゃないかという思いはある。

「そっか……ありがとう。私たちは今日の午後にはこの街を出るわ。もしまた会うことがあれば……その時は、普通に話せたら嬉しいわ」

「今までありがと。私もジャンヌと同じ気持ち」

それからジャンヌとロラは深く頭を下げると、二人で静かに部屋を出て行った。

「もう、あんなに落ち込んでたら恨み言もぶつけられないじゃない」

二人が部屋を出て少ししてから、レベッカがそう言って唇を尖らせた。

「驚いたな……でも、最後にこの形で別れられて良かったかも」

「リュカがそう思ってるならいいけど……リュカは優しすぎるのよ」

「そんなことはないと思うんだが……レベッカが代わりに怒ってくれるから、俺は穏やかでいられたのかも」

　思い返してみれば、アドルフたちに酷いことをされても、レベッカが手料理を作って怒ってくれると、俺の中の怒りはいつの間にか霧散していた気がする。

　今の俺が素直に生きられてるのは、レベッカのおかげだな。

「本日はこれで終了となります。後ほど被疑者の処遇についてはお二人のご自宅と宿、または冒険者ギルドなどにこちらから伝えに参りますので、お待ちいただけますと幸いです」

　昔のことを思い出していたら隊長の声が聞こえてきて、思考が今に戻った。

「分かりました。よろしくお願いします」

　それから俺たちは兵士の皆さんに挨拶をしてから詰所を後にして、二人でレベッカの家に向かっている。

「これで今回の事件は終わりだな」

「そうね。アドルフが捕まって良かったわ。これでリュカが何かをされる可能性はなくなったものね」

「そうだな……でも良かったとは言えない。レベッカじゃなくて、俺が直接何かをされた方が良かった」

「……別にわたしは大丈夫よ」

「でもレベッカ、怖かっただろ？」

　レベッカは弱みを見せたらつけ込まれる環境に身を置いていたからか、外面を取り繕うのが上手いのだ。でもアドルフから助け出した時に全身は震えていたし、ナイフを持った男に手足を縛られ監禁されて、怖くなかったわけがない。

トラウマになっていても、おかしくはない。

「そんなこと……」

「俺の前で取り繕わなくていいから」

「………」

レベッカはしばらく無言で俯いていたが、レベッカの家に続く裏路地に入ったところで、俺の服を掴んで足を止めた。

「……ここで襲われたから、ここを通るのが怖いの」

「そっか。じゃあこれからは俺が家まで迎えに行って、帰りは送るよ」

「そんなの迷惑じゃ……」

「迷惑なんかじゃないって。今までレベッカは俺のことをずっと助けてくれたから、今度は俺の番だ。あっ、ここが怖いなら裏道を教えようか？　実はこの前、レベッカの家に繋がる別の道を発見してさ」

「ふふっ、それって猫の道でしょ？　狭すぎて人間は通れないからそう呼ばれてるのよ」

「え、そうなんだ。確かに……途中でこのまま出られないんじゃないかと思った」

その言葉を聞いて本格的に笑い出したレベッカを見て、安心して体の力が抜けた。やっぱりレベッカは笑顔が一番似合う。

「リュカ、今回は助けてくれてありがとう。……あ、あの、あれよ。今度はわたしがリュカを助けるわ！」

　お礼の言葉を口にしたレベッカは、恥ずかしくなったのか頬を赤く染め、慌ててそんな宣言をしてくれた。

「ありがとう。でも無理はしないようにな」

「それは……難しいから、やっぱりリュカは危険な目に遭うの禁止ね」

「え～、それはさすがに難しいかも」

「もうリュカは今までで一生分の危険な目に遭ってるんだから、少しは自重しなさい！」

「ははっ、確かにそれは言えてる」

　思い返せば、よく生きてるなと思うような人生だった。でもこれからも、眷属として危険な目に遭うことは多いのだろう。

　できる限りレベッカは巻き込まないようにしよう。そしてレベッカを危険にさらさないためにも、もっと強くなろう。そう決意して、レベッカの隣を歩いた。

第五話✴平和な日常と悪巧み

アドルフの事件から一週間が経過した。レベッカの様子を注意深く見ていたが特に今までと変わりはなく、酷いトラウマにはなっていないようで安心しているところだ。

「時間的にそろそろ帰る？」

「えっと……もう午後二時か。確かに上に向かった方がいいかもな。意外と深く潜ってるし」

今の俺たちは依頼でダンジョンに来ている。

王都の近くにある森林ダンジョンと呼ばれている場所で、最終層には到達しているが、森で採れる素材がかなり優秀で破壊されていないダンジョンだ。

大きくなりすぎる前に、具体的には半年後に破壊予定らしいので、多くの冒険者が潜って稼ごうと素材採取に精を出している。

「今回の依頼を達成したら、そろそろ昇級できそうね」

「そうだな……あと二、三回ぐらい依頼を達成したら行けそうな気がする。特に魔物討伐系の依頼だな。ここ数日は素材採取の依頼ばかり受けてたから」

「確かにそうね。じゃあ明日は魔物討伐にして、別のダンジョンに行く？」

「そうだな。王都から徒歩三十分ぐらいのところに新しいダンジョンができたらしいから、そこがいいかも。そのダンジョンの調査依頼と、魔物の討伐依頼が等級に関係なく出されてたんだ」

基本的に新たなダンジョンは難易度が分からないので、最初の調査依頼などは自己責任で等級関係なく受けることができる。

　俺たちなら万が一難易度が高くても大丈夫だし、昇級を目指すのならいい依頼だろう。

「それいいわね」

「じゃあ、明日のためにも早く……」

　帰ろうかと言おうとしたその時、視界の端に気になるものが映った。

　鬱蒼と木々が生い茂る森の中には似つかわしくない、人工物のような輝きが……。

「あれ、宝箱じゃない？」

「え……本当ね。初めて見たわ！」

　レベッカは俺が示した方向に目を凝らし、宝箱を見つけると顔を喜色に染めた。

　宝箱とは魔物と同じくダンジョンコアが作り出すものだが、宝箱に入っているものは人間にとって有益なものがほとんどだ。アイテムと呼ばれる宝箱から出現したものは、かなり高値で取引されることもある。

　宝箱はダンジョンに定期的に潜っていれば一ヶ月に一度ほどは見つけることができるが、レベッカは初めてなので嬉しそうだ。

「宝箱って本当にあるのね」

「それはもちろん。レベッカが開ける？」

「え、いいの？」

「俺は何度も開ける場面を見てきてるし、一度だけ開けたこともあるから」

　宝箱を初めて開ける人にはいいアイテムが出るという噂を信じて、アドルフに一回だけ開けさせられたのだ。

しかし手に入ったのはその辺の木にたくさん生ってる果物で、その後は役立たずと罵られ、魔物と戦わされて死にかけた嫌な思い出がある。

「じゃあ、お言葉に甘えて……」

期待の眼差しを向けながら宝箱に手を伸ばしたレベッカは、蓋を開けて中身を取り出した。果物か薬草関係か、それとも希少じゃない魔物素材か。

そう思っていた俺の予想を裏切って、レベッカが手にしたのはローブだった。

「凄いな」

宝箱から出るのは八割がその辺に生えてる植物か近くに出現する魔物の素材だと言われてるのに、アイテムであることがまず凄い。どんな効果だってそこそこの値段で売れるだろう。

「これって凄いの？」

「かなりな。名前と効果はなんて書いてあるんだ？」

ダンジョンの宝箱から出たアイテムは入手から数分間だけ、そのアイテムの名称と効果が宙に浮かび上がる。数分で消えてしまうが、鑑定石というこれまたダンジョンの宝箱から出るアイテムを使えば、いつでも見ることができるものだ。

「えっと……変身ローブって書いてあるわ。このローブを着た人は、周りから全く違う容姿に見られます。髪色や瞳の色、輪郭や体格の印象まで変わります。って、これ凄くない⁉」

途中から瞳を見開いて驚きを露わにしたレベッカと同じように、俺も驚いて二の句を継げなかった。

かなり有用なアイテムだ。最初からこんなのを引くなんて、レベッカの運が強すぎる。

「これ、どうする？　売るの？」

「いや、これから使い道がある気がするから持っておきたい。それでもいい？」

この先で俺が目立つ存在となった場合、容姿を簡単に変えられるのがどれほど便利かと思いそう問いかけると、レベッカはすぐに頷いてくれた。

「別にいいわよ。今はそこまでお金にも困ってないもの」

「ありがとう。じゃあこれは神域に置いておくことにしよう」

「そうね」

それから俺たちは二人で神域に向かって倉庫にローブを片付け、ついでに今日の成果からどれをギルドに持ち込むかを吟味して鞄に詰め、下界に戻った。

そして問題なくダンジョンから地上に戻り、ギルドで依頼達成報告と素材の買取を頼む。

「お二人は快進撃ですね。そろそろ昇級も見えてくると思います」

「そう。まあ、わたしたちなら当然ね」

レベッカはそう言いつつも、嬉しそうに口端を緩めている。

「あと少し頑張ろう」

「もちろんよ」

「無理せずに頑張ってください」

「はい。ありがとうございます」

受付の女性に笑顔で見送られた俺たちは、足取り軽くギルドを出た。そして薄暗くなった賑やかな街中をのんびりと歩いていく。

たまにはレベッカと一緒に夕食を食べるのもいいかな。気になってる食堂や屋台はたくさんあるのだ。あそこの鍋を食べられる店なんて、好きな具材を選べて良さそうだ。

「レベッカ、夜ご飯は食べて帰れる？」

「今日の夜？」

「ああ、無理なら明日とかでも」

少しだけ緊張しながら誘いを掛けると、レベッカは俺から視線を逸らしながらも、頬を赤く染めて肯定の言葉を返してくれた。

「食べてあげても、いいわよ」

「やった。じゃあ鍋でも食べない？　それか向こうの焼肉もありかな」

「リュカの好きな方でいいわ」

「じゃあ……今日は鍋で」

それから二人で肉や野菜がごろっと入ったミルク鍋を堪能し、お腹が満たされて幸せな気分で店を出た。

鍋を食べて熱（ほて）った体が夜風で冷えるのが気持ちいい。

「美味しかったわね」

「そうだな。かなり当たりの店だった」

「あそこならまた行ってもいいわ。……こ、今度はわたしが奢るわよ」

その言葉が不器用なレベッカなりの誘い文句だと分かり、頬が緩んでしまう。

「ありがと。じゃあ次は高い鍋にするか」

「しょうがないわね。あの高級キノコ鍋を奢ってあげるわ」

「え、本当？　それは楽しみだ」

それからもレベッカと今日の鍋の感想や、次に行きたい店の話をしながら、ゆっくりと夜道を歩いた。その時間が凄く楽しくて、レベッカの家までの最短距離ではなくて、少しだけ遠回りの道を選んでしまう。

「レベッカって一番好きな食べ物は何？」

「そうね……一番って言われると難しいけど、トマト煮込みは好きよ」

「ああ、それ凄く分かる。肉が柔らかくなって美味いんだ。パンにも合うし」

「そうなのよ。残りのソースにパンを浸した時が最高なの……ねぇリュカ、あれって」

話の途中で突然足を止めて道路沿いにある建物を見つめたレベッカの視線の先を見てみると、そこにあったのは教会だった。それも、平和の女神様を祀る教会だ。

「こんなところにあったんだな」

今までは日常に精一杯で周りを見る余裕がなかったからか、意識して見たことはなかった。かなり大きくて立派に見えるし、偉い司教様でもいる教会なのだろうか。

「まだ開いてるみたいだし、お祈りした方がいいんじゃない？　いつもお世話になってるんだから」

「そうするか。……まあ直接会えるんだけど」

「それはほら、また違うでしょ」

レベッカに手を引かれて教会の前に向かうと、この教会は道路に礼拝堂が面しているようで、開け放たれた大扉の中にセレミース様を模した像が見えた。

「ようこそ、こちらは平和の女神様を祀る教会です。お気軽にお立ち寄りください」

祭司服を着た女性に声を掛けられて、中に誘導される。その誘導に従って礼拝堂に入ると、外から見た時よりも像の形が明確に認識できた。

これは……凄い。

その像を見て、驚きと感心から少しだけ瞳を見開いてしまう。

『セレミース様、俺がいる場所を見られますか？』

『ええ、見られるわよ……って、これは凄いわね』

『ですよね。この像、神像そっくりです』

『……これは神像が隣にある状態で作られたものに違いないわ。これなら、神像と入れ替えても気づかれないかしら？』

『俺もそうかと思って声を掛けたんです』

セレミース様は次代の眷属を探す時のためにも、神像をどこかの教会で祀って欲しいと言っていた。ただその過程で、神像の在処が他の眷属にバレてはいけないのだ。

そうなると新たな教会を作るのも、どこかの教会に神像を持ち込むのも怪しいので、一番なのは既存の教会に元からある像と入れ替えることだろう。

『リュカ、できそうならば入れ替えを頼んでも良いかしら？　誰にも気づかれないようにして欲しいのだけれど』

『もちろんです。ではレベッカと一緒に作戦を立てるので、少し待っていてください』

『分かったわ。頼んだわね』

それから俺は普通にお祈りを済ませ、教会から少し離れたところでレベッカに先ほどのセレミース様との会話を伝えた。

するとレベッカは……楽しそうに瞳を輝かせる。

「バレずに入れ替えるってことは、教会に侵入するってことよね？」

「……まあ、そうなるな。なんでそんなに楽しそうなんだ？」

「だって、悪いことなんて普通はしないでしょ？　それをセレミース様からの頼みで経験できるなんて、貴重じゃない。平和の女神様であるセレミース様に許されてるってことで、罪悪感は薄れるし」

「確かに……分からなくはない」

犯罪を犯したくはないが、ルールから逸脱したことをやりたくなる気持ちっていうのはある。俺も村で子供だからと禁止されていたからこそ、酒を飲みたいなと思っていた。

「どうやって侵入するの？　やっぱり皆が寝静まった夜中？」

「それが一番だろうな。レベッカは一度家に戻る？　かなり遅くなるだろうし」

「そうね。日付が変わる頃に迎えに来てもらえたら嬉しいわ。あっ、わたしを置いて先に侵入するのはダメよ！」

レベッカに釘を刺されて、苦笑しつつ頷いた。

「分かってる。ちゃんと迎えに行くよ」

「ありがとう。待ってるわね」

　それからレベッカを自宅前まで送って宿に戻り、自分の部屋に入ったところでそのまま神域に向かった。

「いらっしゃい」

「セレミース様、こんばんは。さっきの像は凄かったですね」

「ええ、入れ替えるのに最適よ。侵入ルートを決めに来たのよね？」

「はい。事前に把握しておきたいと思いまして。それから侵入中ですが、全体の監視をお願いしてもいいですか？　もし俺たちの存在がバレそうになったら教えて欲しいです。神域に退避するので」

「もちろんよ」

　セレミース様は頼もしい笑顔で頷いてから、俺に水鏡を見るように示した。

「侵入経路だけれど、候補は二つね。教会の者たちが暮らす私室ならば窓を開けてる人もいるでしょうから、そこから建物への侵入。もう一つは窓は開いていないけれど、かなり古くて魔法で開けられるだろう倉庫の窓からの侵入よ。礼拝堂の大扉からの侵入は、しっかりと鍵が掛けられているから無理ね」

　その二つか……それなら倉庫かな。さすがに人が寝ている私室に侵入する勇気はない。

「倉庫の窓ってどんな感じですか？」

「今映すわね」

　水面に映し出されたのは外から見た窓だった。かなり古く、昨今では珍しい引き上げ式だ。この形式の窓ならストッパーさえ外せれば窓が開くだろう。

「ここから建物内に入れたとして、礼拝堂まで繋がっていますか？」

「ええ、倉庫を出て廊下を通って、共有スペースを抜けてまた廊下に入り、その先に礼拝堂に続く裏口があるわ。そこの鍵は閉まっていないから、出入り自由よ」

思ったよりも礼拝堂が遠いな。でもそれしか方法がないんだから仕方ない。

「分かりました。とにかくバレないように頑張ります」

「私もできる限り協力するから、お願いね」

それから宿で少しだけ休んでレベッカを迎えに行き、日付が変わる頃に二人で教会の隣にある路地に向かった。

「緊張するわね……」

「分かる。やっぱり実際に侵入するとなると違うな」

バクバクとうるさい心臓を深呼吸で抑えて、事前に把握していた侵入経路を頭の中で反芻した。

まずは教会を囲む塀が途切れた場所から敷地内に入る。

「レベッカ、こっち」

「分かったわ。……ここって門が壊れてるのね」

「そうみたい」

侵入してる俺らが言うことじゃないが、これだとどうぞ入り込んでくださいと言わんばかりだ。

敷地内に入って倉庫の外に向かうと、水鏡で見たそのままの窓があった。

『セレミース様、中は全員寝てますか？』

『ええ、大丈夫よ』

『ありがとうございます』

慎重を期してセレミース様に確認をしてから、窓に手を掛けた。揺らすように力を入れると、中のストッパーも僅かに動く。

この様子なら魔法でどうにかなりそうだ。風魔法は……中にあるものを吹き飛ばしたら大変だし、土魔法か氷魔法かな。氷の方が万が一の場合も溶けて証拠がすぐに消えるし、そっちにしよう。

「レベッカ、さっそく試してみる。もし大きな音が出て誰かに見つかりそうになったら神域に逃げるから、手を繋いでもいい？」

「……いいわよ」

緊張と好奇心が混ざったような表情で頷いたレベッカを見てから、窓に視線を戻した。

窓の向こう側に小さなアイススピアを作り出して、それをだんだんと大きくしていく。するとストッパーはアイススピアに押され、少しずつ動いた。音を立てないようにゆっくりとストッパーを動かしていき、ほぼ無音で解錠に成功する。

「リュカ、凄いわね……！」

「この窓の防犯性能が悪かっただけだけどな」

開いた窓から倉庫に身を滑り込ませ、小さなライトで辺りを照らした。この倉庫はあまり使われないものが置かれているのか、そこかしこに埃が溜まっているようだ。

『リュカ、扉を開ける音に気をつけて』

『分かりました』

ドアノブに手をかけてゆっくりとドアを押すと……ギィィィという嫌な音が響いた。本当に使われてない部屋みたいだ。

『目を覚ました人は……いなそうよ』

『良かったです。ではこのまま行きます』

レベッカと視線を合わせて頷き合ってから、二人で息を殺して廊下に出た。廊下を挟んだ目の前には祭司の私室があり、右手側にはまっすぐ廊下が延びている。

『廊下の先にある扉の向こうが共有スペースよ。そしてその共有スペースにある扉の一つが、礼拝堂に繋がる廊下へと繋がってるわ』

『分かりました。まず共有スペースに行きます』

一歩ずつ足音を立てないように、慎重に慎重に歩みを進める。この建物は木造じゃなくて石造りみたいなので、床が軋まないのは救いだ。

扉には誰の部屋かが分かるようにネームプレートが付けられていて、全部が女性の名前なのでここは女性の私室があるエリアなのかもしれない。

「うぐっ」

後ろのレベッカから変な声が聞こえて咄嗟に振り返ると、レベッカは鼻を摘んで涙目だった。

「……ごめん、くしゃみが」

「大丈夫だと思うけど、また出そうだったら神域に行くから服を引いて」

自分にも辛うじて聞こえる程度の小声で会話をして、また廊下をゆっくりと進んでいく。そして問題なく突き当たりの扉に辿り着き、ドアノブに手をかけた。

ふぅ……扉を開ける時が一番緊張する。

『セレミース様、向こうには誰もいませんか？』

『ええ、大丈夫よ』

『ありがとうございます』

ゆっくりと扉を開けて体を滑り込ませ……そっと閉めた。共有スペースに誰もいないことを確認して、ほっと息を吐き出す。

「一番緊張するところは抜けたな」

「そうね」

——ガタッ！

「……っ」

レベッカと頷き合っていたら、突然大きな物音が鼓膜を揺らした。

俺たちはその物音にビクッと体を震わせて、体を小さく縮こまらせる。

『リュカ！　今すぐ神域に！』

『……っ、はいっ！』

セレミース様の声が聞こえた瞬間にレベッカの腕を取って神域に移動すると……セレミース様が俺たちの姿を見て、ホッと安堵の息を吐いた。

——はぁ、心臓に悪い。

「何があったのでしょうか？」

「一人の男がトイレに起きたみたい。トイレは共有スペースにしかないから、あのままだと鉢合わせだったわ」

危なかったな……なんとか逃げるのが間に合って良かった。

「教えてくださってありがとうございます」

「良いのよ」

「はぁ～、まだ侵入してから数分しか経ってないのに、凄く疲れたわね」

レベッカが力ない笑みを浮かべたのを見て、俺も頬を緩めた。

その気持ちは凄く分かる。いつもとは違う疲れだ。

「もう少し頑張らないと」

「そうよね。よしっ、気合いを入れ直すわ。一度ここに来られて良かったかも」

「確かに。最後までぶっ続けは途中で集中力が切れてたな」

レベッカと一緒にストレッチをして、緊張をほぐしてからセレミース様が覗き込む水鏡を見た。

「この人が起きてきた人ですか？」

「ええ、今部屋に戻ったから、もう大丈夫よ」

「分かりました。ありがとうございます。じゃあレベッカ、下界に戻ろう」

「ええ」

静かに下界へと戻った俺たちは、また体を小さく縮こまらせて共有スペースを横切る。そして礼拝堂に続く廊下に繋がる扉を開いて、共有スペースを出た。

「あれが礼拝堂の裏口？」

「そうみたいだな」

「早く行きましょう」

人がいる場所からは少し距離ができたので足早に進むと、事前に聞いていた通り裏口に鍵はなく、すんなりと礼拝堂の中に入ることができた。

夜の礼拝堂は……神聖な雰囲気が漂い少し畏怖を感じる。

「夜の教会って怖いわね」

「そうだな……お化けとか出そうな雰囲気だ。この世に未練があって死んだ人とか、教会に居つきそうだし」

「ちょっとリュカ！　そういうこと言わないで……！」

レベッカは両手で自分の腕を摩りながら涙目だ。もしかして……。

「こういう話は苦手？」

「そ、そういうわけじゃないけど、神聖な場所で失礼でしょ！」

「ははっ、確かにそうだな」

「もう、早く像を入れ替えるわよ！」

ここで揶揄ったら本気で怒られそうなので、素直に頷いて存在感を放っている像に手を伸ばした。そして反対の手はレベッカと繋ぐ。

「じゃあ行こうか」

右手に像のひんやりとした感触、そして左手にレベッカの手の温もりを感じながら神域転移を発動すると……礼拝堂にあった像は問題なく神域へと移動した。

「とりあえず、ここまでは成功だな」

　近くに置かれていた神像に視線を向けると、こうして見比べてもかなり似ている。

「セレミース様、この像はここに置いておけばいいですか？」

「ええ、私が片付けておくわ。二人は神像の設置を頼んだわよ」

「分かりました」

　レベッカと神像と共に下界に戻ると……さっきまでは別の像があった場所に収まった神像は、全く違和感なくその場所に溶け込んだ。これはバレないだろう。

「レベッカ、少し離れて向きを見てくれる？」

「分かったわ。――少しズレてるわね……もう少し右よ。それから少し斜めになってるわ。神像を左回りに少しだけ回して」

「これぐらい？」

「いや、ちょっとやりすぎ……」

『リュカ！　レベッカと神域に戻って‼』

　神像を動かしていたら、突然セレミース様の声が頭に響いた。

　何が起きてるのか全く把握できなかったが、焦ってる様子の声音に咄嗟に体が動き、レベッカがいる方向に向かって全力で走る。

　そして二人で飛び込むような形で神域に転移すると……後ろで扉が開いたような音が僅かに聞こえ、俺たちは神域に移動した。

「び、びっくりした……。どうしたの？　何かあった？」

「ごめん。急に飛びついたりして。セレミース様に急いで神域へって言われて……」

水鏡を覗き込むセレミース様に視線を向けると、セレミース様は眉間に皺を寄せて水面をじっと見下ろしていた。

「どうされたのですか？　神域に入る直前に扉が開いたような音が聞こえた気がするのですが」

「……この教会で一番豪華な部屋に寝ていた男が、突然飛び起きて凄い速度で礼拝堂まで走ったのよ。それこそリュカとレベッカがいることに気づいているかのように」

俺たちに気づいていた……そんなことがあり得るのだろうか。さすがに音が聞こえたということはないとすると、何が原因で気づいたのか気になる。

「その人は今どうしているのですか？　バレましたか？」

「今は静かに神像を確認しているわ。二人ともこちらに来て。音声も聞こえるようにするわね」

「分かりました」

水鏡に映るのは、四十代後半ぐらいに見える男だった。寝巻き姿だがそれが豪華な作りをしているのは一目で分かり、位が高い人なのだろうと推測される。

『やはり像の位置がズレていて、今までは感じなかった力を発している。ということは、ここに誰かがいたのは明白。先ほど一瞬だけ人影が見えたのが気のせいではなかったとすれば、私が察知した気配と合わせて考えるに……セレミース様の眷属様がいらっしゃったということになる』

――この人、なんでセレミース様の名前を知っているのだろうか。一般に名前は知られていないはずだ。それに像が動いていただけで眷属の存在を考えるのはおかしい。普通は盗人の存在を考えるだろう。

『眷属様がこの部屋でお消えになったということは、特殊なお力で神域に向かわれたということ。ならばここで待っていれば、そのうち眷属様が現れてお会いできるということだ』

男はそこまでをぶつぶつと呟くと、恍惚とした表情で跪いてセレミース様の神像を祈るように見上げた。

『セレミース様、お慕いしております』

男はそこで口を閉じ、ひたすらに祈り始めた。その場から動く様子は全くない。

「……どういうことでしょうか」

沈黙を破ったのはレベッカだ。困惑の表情でセレミース様に視線を向けている。

「私もよく分からないのだけれど……この男、神域の存在を知っているようね。さらに眷属が神域に転移できることも。そして神域にいられる時間には制限があるということも」

「この人が別の神の眷属ってことは……？」

「それは考えづらいと思うけれど……他の神の眷属ならば、私に対してここまで熱心に祈りを捧げることはないでしょうから」

確かにそうか。この人は明らかにセレミース様の熱心な教徒だ。

ただそうなると、なぜこの人がいろんな知識を持っているのかという疑問が残る。

「……この人、何日でもここから動かなそうですよね」

「そうね……リュカたちが神域にいられるのは最大で一日だということを考えると、このままあの男から逃げるのは難しいかもしれないわ」

日が昇れば他の人たちが起きてくるだろうし、昼間は一般人が教会に出入りする。それを考えると、逃げる隙がない可能性は大いにあるか……。

「どうする？　あの人のところに行って話をするしかないと思うけど……」

レベッカのその提案はリスクがあるものだが、それよりもいい案は思いつかない。

「……そうするしかないか。少なくともあの人の様子なら不法侵入を咎められることはなさそうだし、俺たちのことを黙ってくれる可能性も……ある気がする」

「そうね。セレミース様を強く信仰してるみたいだし、あそこで待ってるのもただリュカに会いたいからって感じに見えるもの」

それからセレミース様の意見も聞き、本人と話すのが一番だという結論に至り、俺たちは意を決して二人で下界に戻ることにした。

神像に向けて祈りを捧げている男性の後ろに降りると、俺たちが降りた瞬間に何かを察知したように男性が後ろを振り向く。

何の物音もさせてないはずなのに、なんでこの人は俺たちがいる場所が分かるのだろうか。

「け、け、眷属様……！」

「しっ、静かにお願いします！」

男性の大声に驚きながらも小声での会話をお願いすると、男性は口を両手で塞いで大きく頷いた。とりあえず俺の言葉を素直に聞いてくれるみたいだ。

「大変申し訳ございません。眷属様にご迷惑を……」

「いえ、そこまで大袈裟にしなくても大丈夫です。それよりも聞きたいことがたくさんあるのですが……なぜ眷属だということが分かるのですか？　それに神域についても知っているようでしたし」

　男性は俺に対して仰々しく平伏しながら、顔を上げずに口を開いた。

「私はセレミース様の眷属であった者の子孫なのです。神域に関しては親からよく話を聞かされておりました。また眷属様だということが分かった理由については、私の特殊な能力によるものでございます」

　眷属かどうかを判断できる能力があるのか？　それは俺にとってかなり重要なことじゃないだろうか。なんでセレミース様は教えてくれなかったのだろう。

『私もそんな能力は知らないわ』

　ちょうどぴったり疑問に答えるように、セレミース様の声が聞こえてきた。

『セレミース様が知らないことなんてあるのですか……？』

『あまりないけれど、私も全てを把握しているわけではないわ。ただ今回の事柄は推測できるわね。実は神の眷属となった者の子供や孫には、普通の人間よりも優れた能力が引き継がれることがあるのよ。もちろん眷属ほどではないけれど、魔力量がとても多かったり、身体能力が優れていたりするわ。ただそれも二代ほどでなくなるのが普通なのだけれど……』

『この人はかなり遠い子孫ですよね？』

『ええ、こんなに先の子孫にも特殊な能力が発現することがあるなんて、新しい発見だわ』

　セレミース様がそう言うほどに、この人は珍しい存在なのか。何だかこの男性を見る目が変わるな。

「どういう能力なのか、詳細を聞いてもいいでしょうか？」

「もちろんでございます。私は神々のお力が作用しているものが近くにあると、それが分かるのです。感覚的なもので上手く説明できないのが心苦しいですが、眷属様からは、それはそれは素晴らしいお力が感じられます。こちらの像からもとても強い力を感じることができます。またそれ以外にも、過去に眷属様が使われていた武器などからも小さな力を感じることができました。他の神々によるものに対しても、セレミース様に関することほどではないですが、力を感じることができます」

『凄いわね……』

「それによって今回は俺に気づいたんですね」

「はい。ハッと目が覚めた瞬間に強いお力を感じ、導かれてこちらの礼拝堂へ」

男性はそこで言葉を途切れさせると、ほんの少しだけ顔を上げて俺と視線が合った瞬間にまた頭を下げた。

「顔を上げてもいいですよ？　話しづらいですし」

「あ、ありがたき幸せにございます」

何だかここまで低姿勢でこられると、調子が狂うな。男性を説得するつもりだったが、その必要はなさそうだ。

「お願いがあるのですが、俺たちがここにいたことについて誰にも言わないでいてくれますか？それから俺の正体についてと、像が替わったことも秘密にしていただけると……」

「もちろんでございます！」

即答だな……ここまで何でも頷かれると、ちょっと怖くなってくる。

「ありがとうございます。……ではあの、その像の向きを少し直してもいいでしょうか？　そしてできれば、礼拝堂の扉の鍵をこっそり開けていただけるとありがたいのですが」

「かしこまりました。では鍵をとって参ります」

男性は眷属からの頼み事ということで張り切って礼拝堂から出ていき、俺たちはその後ろ姿を見送って顔を見合わせた。

「……何だか凄い人だったわね。とりあえず、問題は起きてないってことでいいのかしら」

「いいと思う。けど、あまりにも簡単に話が進んで拍子抜けだな」

「そうね……扉を開けてもらえることになったし、あの人がいて良かったのかも」

それから二人で神像の向きを直していると、男性はすぐに戻ってきた。手には鍵の束と布に包まれた何かを持っている。

「眷属様、もしご迷惑でなければこちらをお持ちくださいませ。先祖代々受け継がれていた剣でございます。こちらの剣からも力を僅かに感じることができるため、言い伝え通りに過去の眷属様が使われていたものかと思われます」

「いいのですか？」

「眷属様に受け取っていただけるのが、この剣にとっても良いことでしょう。しかしご迷惑であれば、もちろん私が引き続き保管を……」

「いいえ、せっかくですからいただきます」

男性からは純粋な好意しか感じられなかったので、すぐに頷いて男性の下まで向かった。俺に近づかれてぼーっとしている男性の手から布を受け取り、中の剣を取り出す。

「おおっ、カッコいいな」

洗練された、扱いやすそうな剣だ。

『その剣……あの子の子孫なのね』

『思い出されましたか？』

『ええ、とても心優しい子だったわ。あの子の剣がまた私の眷属の下に戻ってくるだなんて、嬉しいわね』

『とても丁寧に保管されていたのか、あまり劣化もしていないようです』

『確かそれはダンジョンの宝箱から出たアイテムなのよ。劣化はほとんどせず、使用者の身体能力を底上げしてくれるわ』

身体能力の底上げ、それは凄くありがたい能力だ。

「ありがとうございます。大切にします」

「そ、そう言っていただけると感激でございます……！　あの、私はエッポと申します。平和の女神様を祀る教会で司教の任を賜っており、教会内での発言権も少しはございます。何かありましたら、私如きではお力になれないかもしれませんが、なんでも仰ってください！」

エッポと名乗った男性は勇気を振り絞ったという様子でそう言うと、深く頭を下げた。

「ありがとうございます。心強いです」

宗教の力ってかなり強いから、その中で地位がある人に味方になってもらえるのは大きいことだ。結果的には、この人に姿を見られて良かったかもしれない。

「では、鍵をお願いしてもいいですか？」

「もちろんでございます。またお会いできる時を、ずっと、ずっと心待ちにしております」

　エッポさんに見送られて教会を出た俺たちは、大通りに出て帰りの方向に歩き始めた。潜入作戦は予想外な終わり方をしたが……とりあえず成功ではあるだろう。

「あの人、誰にも言わないと思う？」

「あの様子なら大丈夫だと思うけど……一応セレミース様にしばらく見ていてもらおう」

『セレミース様、エッポさんの監視をお願いしてもいいですか？』

『もちろんよ。今見ているのだけれど……号泣しながら神像に祈りを捧げているわ』

『それなら大丈夫そうですね』

『ええ、ただ一応様子は見ておくわね。私も気になるもの』

　それから俺はレベッカを家まで送り届けてから宿に戻り、緊張からの疲れでベッドに入ってすぐ眠りについた。

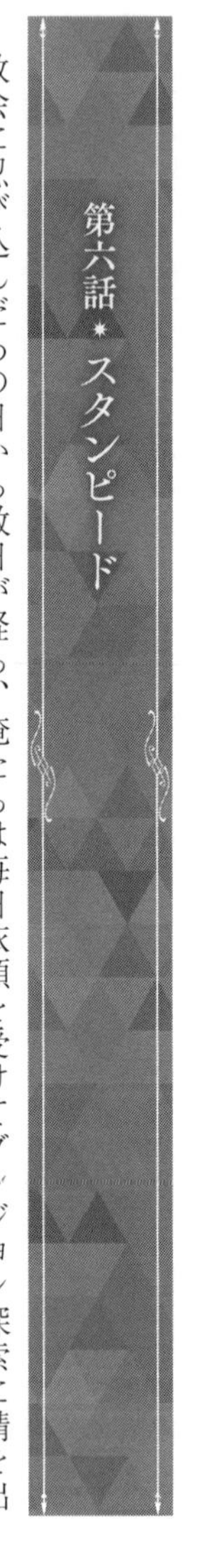

第六話＊スタンピード

教会に忍び込んだあの日から数日が経ち、俺たちは毎日依頼を受けてダンジョン探索に精を出していた。

今日もダンジョンでたくさんの魔物を倒し、今はレベッカを自宅に送り届けて宿に戻ってきたところだ。

「今日も疲れたな」

誘惑に負けてベッドに倒れ込むと、布団の気持ちよさに一瞬で眠気が訪れる。寝る準備をする前に少しだけ仮眠を……そう思って幸せな気分で目を閉じたその瞬間、頭の中に声が響いた。

『リュカ、今すぐ神域に来て欲しいわ』

セレミース様の焦りが滲んだその声に、一瞬で眠気は吹き飛ぶ。

『どうしたのですか？』

『緊急事態よ。蟻地獄ダンジョンでスタンピードが起きるわ』

え……スタンピードって、ダンジョンから魔物が溢れ出すあれか？　街が壊滅したり、最悪な事態に陥ると一国が壊滅するっていう……。

『ど、どういうことですか⁉』

『説明するから、とりあえず神域に来てちょうだい』

『分かりました』

慌てて神域転移を発動させて東屋の中に降り立つと、セレミース様はいつものソファーに腰掛けているのではなく、水鏡を真剣な表情で見つめていた。

「リュカ、来たわね」

「はい。さっきのって……」

「まずはこれを見て」

手招きされたので緊張しながらも水鏡の近くに向かうと、そこに映っていたのは……洞窟型ダンジョンの通路をいっぱいに埋め尽くす、様々な種類の蟻型の魔物だった。

スモールアント、ポイズンアント、ビッグアントまで大量にいる。

「セレミース様。これって、どのぐらいの規模なのでしょうか？」

「正確なところはまだ分からないけれど……この数からして、相当な規模になるでしょうね。少なくとも数日は魔物がダンジョンから溢れ続けるわ」

そんな規模のスタンピードが起きたら、王都は終わりじゃないか……王都には大切な人たちがいて、たくさんの人たちが幸せに暮らしてるのに。

「あとどのぐらいで、ダンジョンから溢れ出しますか？」

「……数日ね。早ければ二日か三日ほどだと思うわ」

「そんな……。スタンピードを止める方法って、あるのでしょうか」

その言葉にセレミース様は難しい表情で、しかし首を縦に振った。

「あるのですか！」

「ええ、とても難しいけれど、あるにはあるわ」

「ではその方法を教えてください……！」

前のめりでお願いするとセレミース様は複雑そうな表情で僅かに頷いてくれた。

「もちろん教えるわ。というよりも、あなたにスタンピードの消滅を依頼しようと思っていたのよ。ただかなり難易度が高いわ。――まず、リュカはダンジョンについてどの程度の知識があるのかしら」

「ダンジョンは……空気中の魔素が固まってダンジョンコアが生まれ、そのダンジョンコアが地殻を動かしてダンジョンを作り魔物も生み出す、と何かの本で読みました。ダンジョンとは一つの生き物のようだと」

俺の回答はそこまで悪いものではなかったのか、セレミース様は頷いてから補足をしてくれる。

「基本的な部分は合ってるわ。そしてダンジョンは、ダンジョンコアを破壊されると消え去るということも知っているわよね？」

「はい、知っています。よほど有益な素材が取れるダンジョンでない限り、基本的には踏破してダンジョンコアの破壊を目指しますから。……ただ大きく成長しすぎたものは奥まで辿り着けず、破壊はかなり難易度が高いと」

蟻地獄もそんなダンジョンの一つだったはずだ。

確か王都に近いがあまり人が行かない場所にあり、ダンジョンが発生したことに気づくのが遅れ、気づいた時には踏破が難しい段階にまで成長していたとギルドで聞いたことがある。

「よく知っているわね。それならスタンピードの解決方法は分かるでしょう？　ダンジョンが消滅したら中にいる魔物も消滅する」

「……もしかして、今から蟻地獄のダンジョンコアを破壊しに行くってことですか？」

「そういうことね」

……予想以上に無謀な方法だった。

そんなことができるのだろうか。いくら眷属の力があるとは言っても、できることには限度がある。

「――難しいですね」

「いえ、これだけならばリュカの力で問題なく達成できるはずよ」

「これだけって、他にも問題があるってことですか？」

「ええ、リュカはそもそもスタンピードがなぜ起こるのか知っているかしら」

スタンピードがなぜ起こるのか。それは度々研究されては、結論が出ない謎の一つだ。

もしかして……セレミース様は答えを知っているのだろうか。

人類が未だに知り得ていない謎の答えを知ることができる可能性に、自然と口角が上がって体が前のめりになった。

「知りません。教えていただけるのでしょうか……！」

「もちろんよ。スタンピードはね……大地の神の眷属が起こしているの。大地の神によって眷属に与えられる特殊な能力でね」

え……ということは、スタンピードは人の手によって意図的に起こされていたってことか⁉

なんでそんなことを……今までの長い歴史の中でスタンピードで亡くなった人を数えたら、数百万は優に超えるはずだ。

「理解できないって顔ね。大丈夫、私も理解できないわ。でも大地の神にとって一番大切なのは大地そのものなのよ。その上に住んでる生物なんて死んでいても生きていても良いの。そしてダンジョンコアは力を放出させずに放っておくと、いずれ大きな魔素爆発を起こして大規模な地震となる。それによって大地が傷つくのを避けるために、大地の神はスタンピードという形で、ダンジョンコアに溜まったエネルギーを発散させているのよ」

「……ということは、大地の神がいなければ大きな地震が起きるということですか？」

それなら、一概に大地の神が悪者とも言えないのではないか。大きな地震がどの程度の規模かは分からないが、どちらにしても犠牲者は出るということだ。

「いいえ、違うわ。スタンピードを起こすのではなくて、ダンジョンコアを破壊すれば良いのよ。そうすれば魔素爆発も、スタンピードも起きないわ」

そうか、その解決策があるんだった。

「大地の神はなぜダンジョンコアの破壊を選ばないのでしょうか」

「私には理解できないのだけど、ダンジョンコアは大切な大地の構成要素らしいわ。だからダンジョンコアを壊すのよりも、スタンピードを起こす方が良いと思っているのよ。特にスタンピード起こせるほどに力が溜まったダンジョンコアはかなり大きなものだから、なおさら大切なのだと思うわ」

そんな考えがあるのか……それだと小さなダンジョンをいくつも破壊している人間は、大地の神にとって疎ましい存在ということになる。

もしかしたら、そんな人間の数を減らそうという意図も、スタンピードには込められているのかもしれない。

「大地の神の眷属は人間なのですか？　魔物とか、例えば……岩とか？」

「そんなことはないと思うわ。確かに私たちは人間以外も眷属にすることができる。けれど意思疎通ができないものを眷属にしても意味がないのよ。この世界で一番高度な思考ができる生命体は人間だから、神の眷属はほとんどが人間ね」

「ということは、大地の神の考えに賛同して眷属となっている人間がいるということですね」

大地の神が人間よりも大地を大切にするのはまだ理解できるが、それに賛同する人間がいるというのは受け入れ難いな。

「そういうことになるわね。リュカはその眷属と目的が対立することになるから、かなりの高確率でダンジョンの奥で戦闘になるわ。こちらの方がよほど危険なの」

確かにそうだ。相手が眷属ということは俺と同じ能力を得ているということだから、そうなれば後は自力の勝負になる。

大地の神の眷属が守っているダンジョンコアの破壊か……。

「とりあえずスタンピードを止めるにあたって、一番の障害が大地の神の眷属だということは分かりました。そしてダンジョンを、特に育ちすぎたダンジョンを破壊するたびに、大地の神の怒りを買うということも」

スタンピードを抑えるためにも大地震を防ぐためにも、育ちすぎたダンジョンは潰していきたいが、その代償は大きいな。

「そうなのよね……これからはこんなことがたくさんあると思うわ。基本的に神は対立関係にあることが多いから。私の眷属として働くことが――嫌になったり、していない？」

セレミース様が真剣な表情で発したその言葉に、自分でも驚くほどに迷いなく頷いた。

「はい。セレミース様には本当に感謝しているので、できる限りの恩返しがしたいと思っています。それにセレミース様が目指す世界は、とても素敵なものですから」

「ありがとう。リュカを眷属にして良かったわ。――ではリュカ、改めてスタンピードの消滅をお願いするわね」

セレミース様の言葉に居住まいを正し、しっかりと頷いて返事をした。

「全力を尽くします」

セレミース様は俺の返答を聞いて、満足そうに微笑んでくれた。

しかしすぐに笑みを薄れさせて、難しい表情で顎に手を添える。

「問題は魔物が溢れ出すまでの日数ね。蟻地獄はかなり広いダンジョンで、全部で三十層もあるのよ。一層の広さは数キロに及ぶわ。さすがのリュカでも二日で奥までは辿り着けない。私が道案内をするとしても三日はかかるわね」

蟻地獄ってそんなに広かったのか。

前に一層だけ入ったことがあるが、一層目からかなり広くて驚いた記憶がある。あれが三十層もあるのは相当だ。

「どうすればいいでしょうか。今すぐに向かっても、魔物が溢れ出すまでに間に合わない可能性が高いです」

「そうね……ここは周りの力を借りた方が良いかもしれないわ。例えば明日の朝一にリュカは蟻地獄へ行って、スタンピードの兆候があるということをギルドに知らせるの。それによってスタンピードへの準備を行わせてから、ダンジョンに潜るのよ。リュカがダンジョンに潜り始めるのが遅れただけ魔物が溢れ出る時間が増えるけれど、事前準備なしにスタンピードが始まるよりは良いのではないかしら？」

確かに……事前準備なしだと最悪、数時間で街が魔物で溢れかえる未来もあり得る。

それなら少しだけ魔物の放出時間が長くなったとしても、事前にスタンピードの兆候を知らせるべきだろう。

「セレミース様の意見に賛成です。では予定としては明日の午前中にスタンピードのことをギルドに伝え準備をしてもらい、午後にはダンジョンへ潜るという流れですね」

「それが一番の理想ね」

「分かりました。……ただダンジョンコアを破壊することができたら、ダンジョンの入り口が消えてそこには俺が姿を現すことになりますが、それってかなり目立ちませんか？」

スタンピードが起きているダンジョンに入ってダンジョンコアを破壊してきたなんて、どんな超人だと大騒ぎになりそうだ。

「そこは仕方がないわね。……リュカは冒険者の等級を上げたかったんでしょう？　ちょうど良い功績になるじゃない」

「確かに功績にはなると思いますが……眷属だってことがバレませんか？」

「そうね……眷属だということはそうバレるものではないわよ。普通の人は候補にも入れない選択肢でしょう？　リュカはちょうど呪いが解けて強くなったと認識されているのだから、その程度が予想以上だったと驚かれるぐらいじゃないかしら」

そう言われると、そうかもしれない。

俺もセレミース様と出会う前にスタンピードを解決した人がいたら、凄く強いんだなと憧れはしても、眷属なんじゃないかと疑うことはしなかっただろう。

「他の神様にはバレないのですか？　大地の神は別として」

「他の神にはまずバレないでしょう。神はこの水鏡に映る範囲しか見ることはできず、同時に世界中の全てを見回すなんてことはできないもの。だからバレるとすれば……今この街にいて、騒動を間近で見た神の眷属がいた場合ぐらいじゃないかしら」

それなら……そこまで心配はいらないか。

この世界に眷属は最大で十人しかいないのだから、そんな眷属がいくら王都とはいえ、この街に何人もいるとは考えづらいだろう。

それに十人の眷属だって、全員が俺にとって危険だというわけではないはずだ。

「セレミース様、破壊の神の眷属を警戒しなければいけないことは分かっていますが、他に警戒するべき神の眷属は何人ほどいるのでしょうか」

知っておくべきだと思って聞いてみると、セレミース様は少しだけ考え込んでから、ゆっくりと口を開いた。

「やはり一番は死の神ね。それから愛の女神も平和の女神としては敵になることもあるわ。空、海、太陽、月、この辺はあまり関わりがないわね。生の女神の眷属は比較的仲良くなれるのではないかしら」

　愛の女神様が敵になることがあるのか。この国にもかなりの信者がいて、教会がいくつもある神様なのに。

「ただこれは絶対ではないわ。あまり気にせず、目の前にいる者が敵か味方かはリュカが判断しなさい」

「確かにそうですね……分かりました。教えてくださってありがとうございます」

「良いのよ。では話を戻すけれど、蟻地獄のダンジョンコアを破壊して、スタンピードの消滅を頼んだわよ」

「分かりました。とにかく全力で頑張ります」

　拳を固く握りしめ、絶対にこの街を救うと決意して宿に戻った。

　そしてこれから起こる事態への緊張で全く眠くならなかったが、無理矢理にでも休もうとベッドに横になった。

　日が昇り始めた時間にハッと目が覚め、ベッドから飛び起きて窓から外を眺めた。まだ魔物に蹂躙はされていない。いつも通りの穏やかな街の風景だ。

「……とにかく、急がないと」

　気が急いてしまってレベッカとの待ち合わせ時間まで待っていられなかったので、宿の従業員に頼み込んで早めに朝食を作ってもらった。

　そして本格的に明るくなり始めた頃には宿を飛び出して、レベッカの家まで駆け足で向かう。

「朝早くにすみません。レベッカさんのパーティーメンバーのリュカです」

部屋のドアをノックして声をかけると、中からドタバタっと足音が聞こえてドアが内側から開いた。

「リュカ、どうしたの？　何かあった？」

顔を出したのはレベッカだ。

まだ着替えていないようで、ラフな格好で不思議そうに首を傾げている。

「実は昨日の夜にセレミース様から重要な話があったんだ。場所を移動できる？」

「……分かったわ。ちょっと待ってて」

レベッカはセレミース様からの話という言葉に真剣な表情になり、急いで部屋の中に戻っていった。そして数分でいつもの格好のレベッカが姿を現す。

手には朝食で食べる予定だったのだろう、たくさんの具材が挟まれたパンがある。

「リュカの宿に行くのでいいの？」

「いや、宿に戻るのは少し不自然だから……人気のない裏路地に行こう」

この辺に詳しいレベッカの案内で薄暗い路地に入った俺たちは、二人で神域に向かう。内緒話にはここが一番なのだ。

「あら、レベッカを連れてきたのね」

「はい。数日不在にすることになりますし、昨日のことを話しておこうと思いまして」

「不在にって……何か悪いことがあったの？」

俺とセレミース様の雰囲気から何かを察しているのか、レベッカは緊張している様子だ。

「実は……蟻地獄ダンジョンでスタンピードが起きてるんだ。セレミース様が昨日気づいて、俺に知らせてくれた」

　セレミース様は大きな災害が起きないか、戦争が起きないかなど普段から世界中を見回っているらしく、その過程で俺がいる周辺を重点的に観察していたところ、たまたまスタンピードを発見したのだそうだ。

「蟻地獄でスタンピードだなんて……」

　レベッカは生まれ育った街が危ないという情報に、顔色を悪くして唇を震わせた。

　それから昨日セレミース様から聞いたことを全て説明すると、聞き終えたレベッカは恐怖や不安を全て大地の神の眷属への怒りに消化したらしい。

　拳を握りしめて鋭い視線で宙を見つめている。

「大地の神の眷属、本当に許せない」

「ああ、だから俺が止めに行ってくる。大地の神の眷属と戦うことになるだろうけど、必ず勝ってくるから」

　その言葉を聞いたレベッカはしばらく黙り込み……何かを決心したのか、真剣な表情で俺の瞳を見つめた。

「リュカ、わたしも一緒に連れていって」

　俺はその言葉に、反射で首を横に振る。

「それはダメだ。レベッカが付いてきたらどれほど危ないか」

「でもそれはリュカだって同じじゃない。リュカは確かに眷属で凄く強いけど、普通の人間なのよ。一人でできることは限られてる。同じ神の眷属と戦うなんて、結果がどうなるか……わたしが弓で援護すれば役に立てる。わたしも連れていって」

確かに……大地の神の眷属と戦うことになるのはかなり怖い。

能力で大きく上回れることはないのだから、元々の実力と戦闘の経験値の差がものを言うはずだ。そうなったら、仲間が一人いるだけで心強いだろう。

「役に立たなかったら神域に放り込んでくれればいいから。……もう、リュカが一人で苦しむのは嫌なのよ。せっかく仲間になったんだから」

「リュカ、ダンジョン内で神域に入ってそのダンジョンが消滅した場合、神域から下界に戻った時の出口はダンジョンの入り口があった場所になるわ」

ということは、途中でレベッカが神域に退避しても問題はないということか。

セレミース様の援護とレベッカの真剣な眼差しに、首を横に振ることはできなかった。

「危険だと判断したら、すぐ神域に連れて行くからな」

「分かったわ。でも大丈夫よ。リュカとわたしの二人なら怖いものなしだもの」

レベッカの自信ありげな表情に、緊張が少し解けた。

「そうだな。……レベッカ、ありがとう。実を言うと一人で行くのは心細かったんだ」

思わず本音をぽつりと溢すと、レベッカは俺の心情を察していたのか、頼もしい笑みを浮かべてくれる。

「一緒に頑張るわよ」

「ああ、絶対にこの街を救おう」

決意を固めてお互いを鼓舞し合った俺たちは、水鏡で下界の様子を見て誰もいないことを確認してから裏路地に戻った。

そして依頼を受けずにそのまま街を出る。

ギルドの依頼受注受付が始まるのはもう少し後の時間なので、そこまで待っていられなかったのだ。依頼を受けずに素材目当てでダンジョンに潜ることもあるし、今日の俺たちはアント系魔物の外殻狙い、という設定にした。

素材を取りにいこうとしたらスタンピードの兆候に気づき、街に駆け戻るのだ。

「蟻地獄って王都から近いのよね？」

「そうだな。森の中にある岩の隙間に入り口があるんだ。だから長年発見されなかった。急げば……二十分ぐらいで着くと思う」

外門を出て少しだけ街道を進み、途中で森に入ってダンジョンのために作られた細い道を進む。するると見えてきたのは、高く聳え立つ岩山だ。

この岩山の隙間にダンジョンの入り口がある。

「あそこだ」

「あっ、本当ね。確かにこれは気づかないわ」

ダンジョンの入り口は基本的には洞窟のようになっているが、ここも例に漏れず岩山にぽっかりと穴が空いてダンジョンの入り口ができている。

「一応中に入ろう。現状でどれほどスタンピードの兆候があるのか、しっかりと確認しておきたいし」

昨日の夜に水鏡からダンジョン内を見た限りだと、まだ一階層は普段とさほど変わらない様子だった。分かりやすい兆候があった方が、動いてもらいやすいんだが……。

「分かったわ。スタンピードの兆候って実際は分かるものなの？」

「情報があんまりないんだけど、前に何度かスタンピードを事前に察知できたことがあって、その時は冒険者が凄い数の魔物の足音を聞いたとか、ダンジョンが僅かに振動していたとか、一階層でも色々と兆候はあったらしい。……とにかく入ってみよう」

「そうね」

レベッカと顔を見合わせて頷き合ってから、ダンジョンの中に足を踏み入れた。

蟻地獄と呼ばれるダンジョンの中の様子は……以前とは全く異なっていた。

ドドドドッという何かが大量に駆けるような重低音がダンジョン中に響き渡り、地面が小刻みに揺れていて、魔物の数が明らかに多い。

さらに下層でスタンピードが起きていることで上層の魔物も興奮しているのか、以前に見た時よりも好戦的で動きが活発だ。

「これは……明らかに兆候があるな」

一晩で様子がかなり変わっている。これを見てると怖いな。

「……本当ね。これならギルドが動かないってことはなさそうだわ」

「その心配はなくなったな。……早く戻るか」

予想以上に恐怖を感じるダンジョン内の様子に危機が起きていることを正確に実感し、何かに急かされるように街へと戻った。

街中に入っても足を止めずギルドに駆け込むと、ギルド内はちょうど朝の依頼受注をする時間でかなり混み合っている。受付には何人もの冒険者が並んでいるみたいだ。

「すみません！　緊急事態です！　先に話を聞いてもらえますか？」

並んでる人たちをかき分けて受付に向かうと、ちょうど今依頼を受けようとしている冒険者にジロリと睨まれた。

「今は俺の順番だ。ちゃんと並べよな」

「すみません。でも緊急なんです」

できればここで混乱させるのは避けたいと思ってそう伝えたが、内容を言わないことには納得してもらえない雰囲気だ。これはここで伝えた方がいいかもしれない。

「蟻地獄でスタンピードの兆候があったんです！」

混乱も致し方なしと周囲にたくさんの冒険者がいる中で受付にそう伝えると、ザワザワと騒がしかったギルド内がシンっと静まり返った。

沈黙を破ったのは近くにいた高等級冒険者だ。

「どういう兆候があったんだ？」

「魔物が大量に動くような重低音が聞こえて、ダンジョン一層の地面が小刻みに揺れてました。さらに一層にいる魔物はかなりの興奮状態で、魔物の数も明らかに増えていて……」

その情報に、ギルド内にいる全ての冒険者が顔を強張らせた。

「……分かった。まずはギルドマスターに報告だ。それから俺は偵察に行ってくる。蟻地獄はすぐそこだからな。ただその情報を聞く限り、スタンピードはほぼ確実だろう。皆はそのつもりで動いてくれ」

高等級冒険者の男性が偵察を請け負ってくれて、ギルド職員に声をかけてからギルドを出て行った。これならあの冒険者が戻ってくれれば、スタンピードが起こるという事実を確実に信じてもらえるだろう。

俺たちは男性が出て行ったすぐ後に、職員に呼ばれてギルドマスターのところに案内された。

「失礼します」

レベッカと一緒にギルドマスターの執務室に入ると、そこにいたのはガタイが良くて眼光鋭い、五十代ぐらいに見える男性だった。

五級冒険者の俺はギルドマスターに会う機会なんかなく、顔を見たのは初めてだ。

「お前らがスタンピードの兆候を感じ取ったんだな？」

「はい。リュカです」

「わたしはレベッカです」

「俺はエドモンだ。アルバネル王国の冒険者ギルド、王都アバル支部のギルドマスターをしている。アルバネル王国にあるギルドの統括をする役割もしている。よろしくな。ではさっそくだが、兆候について詳しく説明してくれ」

「分かりました」

それからさっき下で説明したことと同じ内容を、さらに詳しく説明した。エドモンさんは話が進むにつれて、眉間の皺を増やしていく。

「……それはほぼスタンピードで確定だな。兆候が一層で感じられるということは、魔物が溢れるまであまり時間がないだろう。できる限り早く、ダンジョンの入り口周りを討伐隊で固めなければいけない。まずは冒険者をかき集め、国に連絡して騎士団を派遣してもらうか。あいつとあいつに連絡をして………」

エドモンさんはこれからのことについて考えをまとめているようで、ぶつぶつと今後の動きを呟いている。

この様子なら問題なくスタンピードへの対処をしてくれそうだ。

俺は未だ考え込んでいるエドモンさんから視線を逸らして、レベッカと顔を見合わせた。

(これならダンジョンに向かっても大丈夫そうだ)

エドモンさんには聞こえないように小声で呟くと、レベッカは頼もしく頷いてくれる。

「エドモンさん、俺たちはそろそろいいでしょうか?」

「ああ、すまない。報告感謝する。この騒動から街を守り切ることができた時には、二人には報酬を渡そう」

「ありがとうございます」

俺たちはエドモンさんに挨拶をして、これからダンジョンに向かうことは告げずにギルドマスター室を後にした。

「レベッカ、行こうか」

「分かったわ」

スタンピードの可能性ありという情報に混乱するギルド内をそっと抜けて、街の中を駆け抜けた。

◇

リュカたちが去った後のギルドマスター執務室には、多くの職員が忙しく出入りしている。

「ギルドマスター、王宮への遣いと近隣の冒険者ギルドへの遣いは全て出発いたしました。また冒険者たちに緊急依頼という形で、蟻地獄の近くに前線を作ってもらっています」

「早いな。じゃあ次は物資の手配だ。できる限り多くの武器と食料、水をかき集めろ」

「かしこまりました」

報告をしていた男性職員が足早に下がっていくのを見届けて、エドモンは執務室の窓から街の様子を見下ろした。

「この平和も、あと数日か。一層で兆候を感じ取れたなら、魔物が溢れ出すまでにあまり猶予はないはずだ」

「し、失礼します！」

執務室に一人の男が駆け込んできた。リュカたちの報告を聞いて、蟻地獄へと偵察に行った冒険者の男だ。

「どうした」

「蟻地獄へ偵察に行ったのですが、あれは魔物がかなり上層に来ていると思われます！　猶予は……二日もないかと！」

男の言葉を聞いて、エドモンは眉間に皺を寄せた。

「それは本当か？」

「間違いありません！」

「予想以上だな……このままだと準備が整わないうちに魔物が溢れ出してくる。そうなったら一巻の終わりだ」

――王宮は基本的に動くのが遅いし、急がせないと騎士が来る前に魔物が溢れ出るな。これは避けたかったが、俺が直接行くしかないか。ギルドマスターというのは王宮でもそこそこの権限がある。それに昔の伝手もあるしな。

「誰か馬を準備してくれ。王宮に行ってくる」

「かしこまりました！」

　それから急いで準備を済ませたエドモンは、遣いとして王宮に向かった者に追いつく勢いで街中を駆けた。

「冒険者ギルド、ギルドマスターのエドモンだ。緊急事態のため、手続きの簡略化を願いたい」

　王宮の入り口である大門の隣にひっそりと存在している通用口。エドモンはそこで門番として配属されている騎士に声を掛けた。

「申し訳ございませんが、ギルドマスターといえども優遇措置はできない決まりでして……」

「それは平時の場合だろう？　有事の際はその限りじゃないはずだ。自分で判断できないなら第一騎士団の団長を呼べ。あいつとは知り合いなんだ」

　第一騎士団の団長という門番からしたら相当に高い地位を持つ者の名前を挙げられ、まだ若い真面目な男は渋々頷いた。

「少々お待ちください」

――この様子だと、ギルドからの遣いも中で止められてる可能性が高いな。王宮っていうのはなんでこう、何をするにも時間が掛かるんだか。

「早くしろよな。一分一秒を争うんだ」

それからしばらくして中へと入れてもらえたエドモンは、把握している王宮の中を案内の騎士を振り切って進み、第一騎士団の団長室へと向かった。

「お前はなんでそう自由なんだ。だから騎士団をクビになるんだぞ」

エドモンが躊躇いなく部屋に入ると、部屋の主である男は呆れた表情を浮かべた。

「俺はクビになったんじゃねぇ……って、そんな話をしてる時間はないんだ。フェルナン、スタンピードが起きるぞ。蟻地獄からアント系の魔物が溢れ出す。予想だと二日も猶予はない」

エドモンが簡潔に現状を伝えると、フェルナンと呼ばれた第一騎士団団長の男は、表情を一気に真剣なものに変えた。

「それは本当か?」

「嘘なんて言わねぇよ。複数の冒険者から証言を得てる。ほぼ確実だ」

「……なんてことだ。とりあえず、陛下に報告しよう。この国は陛下の承認がないと何もできないからな」

「まだそんな非効率なことをやってんのかよ」

フェルナンはエドモンのその言葉を聞かなかったことにしたようで、「付いてこい」とだけ告げて部屋を出た。

　そして向かうのは、陛下の執務室だ。本当なら何日も前から調整しなければ来られない場所だが、今回のフェルナンは懲罰覚悟で制止を振り切りドアを開けた。

「誰だ？　約束はないはずだぞ」

　執務室の中にいるこの国の国王陛下は……ソファーで優雅にティータイムを過ごしているところだった。

「私のティータイムを邪魔するとは、騎士団長といえども許さないぞ？」

　陛下のその言葉を軽く受け流したフェルナンは、その場に跪いてさっそく本題を述べる。

「申し上げます。蟻地獄と呼ばれるダンジョンでスタンピードの兆候が確認されました。早ければ一日ほどで、遅くとも数日以内には魔物が溢れ出します」

「……は？」

　陛下は間抜け面を晒してしばらく固まると、数分かけてようやく言葉が理解できたのかガバッと立ち上がった。

「に、に、逃げなければ……！　おい、お前たち！　私を守れ！」

　陛下のその言葉を聞いて、エドモンは深く息を吐き出す。

　この国の陛下は仕事ができない、そもそも王の器ではない男なのだ。しかし兄弟が不慮の事故や病気で命を落とし、他に王位を継げる者がいなく国王となった。

　周りの者が国王のサポート……というよりも尻拭いをして、何とか国の平穏は保たれている。

「もちろん陛下は安全な場所へお逃げください。しかしそうなるとこの場に指揮する者がいなくなります。そこで騎士団長である私に、大役をお任せ願えないでしょうか？」

「うん？　よく分からないが好きにしろ。とにかく私が無事ならば良い。ああそうだ、それから私室にある絵画も絶対に持っていくぞ！　私の家族もだからな。特にアンリエットは絶対に守り抜け！　数週間後に帝国への輿入れを控えているのだ」

国王は最後にそう叫ぶと、私室に向かうのか執務室を出て行った。

後に残されたフェルナンとエドモンは、二人で顔を見合わせて笑みを浮かべている。

「上手くやったな」

「何のことだか。それよりも早く騎士団を動かすぞ。近衛も最低限だけ陛下や殿下方に付けて、あとはこちらへ応援に来てもらおう」

「そうだな。前線は冒険者に頼んで作ってもらっている。騎士たちには冒険者と協力するように言ってくれ」

二人は騎士団の詰所に向かいながら話を続けた。

「それはまた難しい注文だな……まあ命がかかってるとなれば協力するだろ。できる限り協力するよう言い聞かせる」

「頼んだぞ。……じゃあ俺は冒険者ギルドに戻る。向こうでやるべきことがあるからな」

エドモンのその言葉にフェルナンは足を止め、エドモンの顔をしっかりと見つめた。

「——死ぬなよ」

「ははっ、お前がそんなこと言うなんて珍しいじゃねぇか。お前こそ死ぬんじゃねぇぞ」

「もちろんだ。……街を守るぞ」

「ああ、必ずな」

二人は拳を合わせてニッと笑みを向け合い、それぞれが活躍する場へと足を進めた。

◇

街の外に出て蟻地獄ダンジョンに向かっていると、途中で偵察に向かった高等級冒険者が急いでギルドに戻る様子が確認できた。

「あの様子なら、確実にスタンピードが起こることは信じてもらえるな」

「そうね。凄く怖がってる様子だったわ」

「あのダンジョンに入ったなら仕方ない」

本能的な恐怖心から逃げたくなるような雰囲気だった。今から俺たちは、あのダンジョンに戻って最奥まで行かないといけない。

気が緩むと震えそうになる手をキツく握りしめ、深呼吸をしながら足を進めた。

そしてダンジョン前に辿り着き、二人で足を止めて顔を見合わせる。ここに来るまでに覚悟は決まった。とにかく、頑張るしかない。

「行こうか」

「ええ、街を救うわよ」

蟻地獄ダンジョンに再度足を踏み入れると……腹の底に響くような重低音が、全身に纏わりついてくるような錯覚に陥った。

しばらくしたら慣れるのかもしれないが、圧倒される。

「やっぱり凄いわね」

「下に向かったら、いずれこの足音の群れとぶつかるんだな……」

「そこからはどうやって先に進むの？」

「基本的には俺が魔法で魔物を蹴散らす。神力を使えるから魔法の使用にほぼ制限はないし、理論的には永遠に魔法を使い続ければ怪我なく奥まで行けるはずだ」

ただそのためには集中力を切らしてはいけなくて、そんなに簡単じゃないことは分かっている。疲れたら神域で休んでまたダンジョンに戻って進んで、それを繰り返すしかない。

「わたしもできる限り援護するから、リュカが打ち漏らしても大丈夫よ」

「ありがとう。頼りにしてる」

『セレミース様、道案内をよろしくお願いします』

『分かったわ』

セレミース様の案内に従って、興奮状態の魔物が数分おきに襲ってくる蟻地獄の中を先へ先へと進んでいった。

『そこを右よ』

『はい』

「サンダーレイン！」

「神力魔法って本当に凄いわね……ここまで威力がある魔法を使い続けられるなんて」

「自分でもまだ不思議な感じだ」

予想以上に問題なく進めているので少し余裕が出てきて、レベッカと話をしながら足だけは止めない。

「改めてリュカが眷属だって実感するわね」

「そうだな……神域転移や仮初の平和は眷属だからこその能力で、一般人が使えないから凄さを比較しにくいけど、神力魔法は一般人が使えるものをあり得ないほど最強にしたものだから、凄さを実感しやすい気がする」

その言葉にレベッカは大きく首を縦に振り、同意を示した。

「分かるわ。さっきから乱発してる魔法は、どれも普通なら切り札として使うものよね」

「アイスカッター！　……確かにそうかも。それにしても魔物が多いな」

「まだ魔物の群れには辿り着いてないのに」

「ファイヤーストリーム」

炎の柱が一帯の魔物を倒した光景を見て、レベッカが不思議そうに首を傾げた。

「さっきから気になっていたけど、なんで毎回使う魔法を変えてるの？」

「ああ、どれが一番アント系に効果があるのかと思って。今のところ一番良さそうなのは、氷魔法かな」

アント系の魔物は寒さに弱いのか、氷魔法を使うと動きが鈍くなるのだ。直接攻撃が当たった個体じゃないところにまで影響があるのは強い。

「確かに……氷魔法を放ったところが、一番広範囲に魔物が倒れてるわね」

「そうなんだ。ただ魔法の練習にもなるし、余裕があるうちは色々と使ってみるかな」

そんな話をしつつダンジョンを先へ先へと進んでいくと、遂に五層への階段に辿り着いた。

『リュカ、五層に群れがいるわ』

『……分かりました』

　セレミース様の言葉に緊張しつつ階段を下ると、五層に入った途端にさっきまでも絶え間なく聞こえてきていた重低音が一気に大きくなった。

　ふぅ……緊張する。

「レベッカ、この層に群れがいる。慎重に行こう」

　その言葉にレベッカは少し顔を強張らせつつも頼もしく頷いてくれて、俺たちは一緒に一歩を踏み出した。ドキドキとうるさい心臓の音を聞きながら奥へと進むと……曲がり角の先に、魔物の群れを発見できる。

　様々な種類のアント系魔物が群れを成し、一斉にこちらへと向かってくる様子は恐怖以外の何物でもない。

　急いで神力を操って、アイスフラワーという広範囲に地面からアイススピアを出現させる魔法を発動した。それによって数十、数百という魔物が串刺しになるが、その脇から無事だった魔物が次々と姿を現してキリがない。

「アイススピア！　アイスボール！　アイスフラワー！」

　あまりにも尽きない魔物の様子に焦りが生まれ、様々な魔法を乱発していると、焦りから魔法の発動が上手くいかず、一気に魔物の群れが近づいてきた。

　このままじゃ魔物に襲われる……その事実に体が硬直したその瞬間、レベッカが俺の手を握った。

「リュカ！　しっかりしなさい！　全部を倒すのは無理よ。とにかく先に進むことが大切なんだから、進路を妨げる魔物だけ倒せばいいわ」

レベッカの手の温かさとその声で一気に冷静になり、温かい手のひらを一度だけギュッと握って気合を入れ直した。

「ごめん。本当にありがとう」

「べ、別に当たり前のことを言っただけよ」

感謝の言葉に照れたレベッカの表情を見ると、体に入っていた変な力も抜ける。

それから調子を取り戻した俺は、順調に魔物を倒し続けて数時間が経過した。

現在の俺たちは十層にいて、魔物があまりいない脇道に入って一息ついている。意外にもスタンピード中のダンジョン内にはこういう場所があって、いつものダンジョンと同じように休憩時間は確保できるのだ。

「順調ね」

「予想以上にな。でもこの辺で一度、神域に行って休もうか」

最近購入した時計を見ると、ダンジョンに入ってすでに十時間以上が経過している。

「確かにその方がいいわね。もう時間も遅いし」

「もう夜だもんな」

蟻地獄はずっと洞窟型のダンジョンで昼と夜の区別がつかないが、時間的にはいつもならベッドに入る頃だ。

「神域に行こう」

俺が差し出した手をレベッカが取って、二人で一緒に神域へと移動した。

すでに見慣れた東屋の中に降り立つと、目の前にはセレミース様がいる。

「二人ともお疲れ様。ソファーに座りなさい」

勧められるままソファーに腰掛けると、予想以上に自分が疲れていることに気づいた。

これは……もう立ち上がれる気がしない。このソファークッションが、柔らかくて心地良すぎるのがいけない。

「この調子なら予定通り、明後日には奥まで辿り着けるわね」

「はい。思っていたよりも順調に進めて驚いています」

「それほどに眷属の力というのは凄いのよ。それに今回のスタンピードはアント系ダンジョンであることも幸いしたわね。これがもっと強い個体の魔物だったら、さすがにリュカでも厳しかったかもしれないわ」

確かに……今のところ魔物を一撃で倒せているから順調なのだ。これが何度も攻撃を当てないと倒せない魔物ばかりになったら、一気に辛くなるだろう。

「奥に行っても魔物の強さはあまり変わりませんか？」

「ええ、見ている限りは同じようなものよ。だから心配はいらないわ。……問題はやはり大地の神の眷属ね」

「そうですね……明後日は全力を尽くします」

「わたしも頑張ります」

俺たちの決意を聞いたセレミース様は、優しく微笑んで手のひらを何もない草原に向けた。

そして聞いたことのない言語を呟くと……一瞬にしてそこに、可愛らしい小さな家が二軒姿を現す。

「な、なんですか……これ」

「神は神域の中では比較的自由に物を作り出せるのよ。ソファーだけではなくて、しっかりと休める場所が必要でしょう？　中にはそれぞれベッドがあるわ」

「……凄いですね。ありがとうございます。とても助かります」

一戸建てのベッドで眠れるなんて、下界よりもここの方が居心地良くなりそうだ。

「セレミース様、ありがとうございます」

「良いのよ、気にしないで。私はこのぐらいしか手助けできないもの」

セレミース様は儚げに、そして悲しげな様子を纏わせて微笑んだ。

よく考えたら眷属の活動が命懸けってことは、セレミース様は今まで何度も眷属の死を目の当たりにしているのだろう。

――それは辛いな。

「この家、自分好みに荷物を持ち込んだりしてもいいですか？」

セレミース様の心を少しでも持ち上げようとこれからの話をすると、セレミース様は少しだけ雰囲気を明るくして口を開いた。

「もちろん良いわよ。それに私が作れるものならば作るわ」

「ありがとうございます。……そういえば、こうしてセレミース様が作り出したものは、下界に持って行くことはできるのですか？」

ふと気になって尋ねてみると、セレミース様は首を横に振った。

「それはできないわ。あくまでも神域の中で使えるだけね」

そうなのか……まあ神が作ったものを下界に持っていけたら、色々と問題が起きるのだろう。

一瞬で家を作れるなんて、信じられない力だ。

「家の中にはトイレとシャワーも付いているから、しっかりと疲れをとってね。食事は作り出せないけれど、それはリュカが倉庫に運び込んでいたものがあったわよね」

「はい。食料は定期的に持ち込んでいるので余裕があります。では、遠慮なく使わせていただきます」

セレミース様との話を終えてソファーから立ち上がった俺たちは、まずは家の中を確認しようと俺が右側、レベッカが左側の家に向かった。

ドアを開けて中に入ると……そこにはシンプルながらも、とても居心地良さそうな部屋が広がっている。ちょっと高めの宿屋って感じだ。

「凄いな……レベッカ、そっちはどう?」

「凄く綺麗で居心地良さそうな部屋よ。ベッドがふかふかね」

レベッカの方の家も覗き込んでみると、作りは全く同じみたいだった。

「こんなにいい環境で寝られたら、疲れは完全に取れるな」

「そうね。明日からは今日以上に頑張れそう」

それから俺たちは倉庫に保管しておいた食料を夕食として食べ、軽くシャワーを浴びてからベッドに入った。ダンジョンに挑んでいる最中だとは思えない快適なベッドの中に、眠れないかもという心配は必要なく一瞬で眠りに落ちた。

ダンジョンに入って三日が過ぎた。

今のところ大地の神や眷属に俺たちの存在はバレていないようで、大きな問題はなく二十九層まで来ることができている。

「セレミース様、三十層の様子を見せてください」

「もちろんよ」

今の俺たちは神域の中にいて、さっき数時間の仮眠をとって体調を万全に回復させたところだ。これから……大地の神の眷属に挑むことになる。

「現在はこんな様子ね」

覗き込んだ水鏡に映っているのは、壁面に埋め込まれた巨大な宝石だった。

両手を広げても抱えきれないほどに大きなダンジョンコアからは、断続的に魔物が生み出されている。

白く輝くダンジョンコアがとても綺麗だからか、そこから生み出される魔物がより凶悪に感じる。

「ここまで大きなダンジョンコアって珍しいですよね？」

「ええ、相当育ったダンジョンでないと、この大きさにはならないでしょうね」

「あれを壊さないといけないのね……わたしの矢でも壊せるでしょうか？」

レベッカのその質問に少しだけ考え込んだセレミース様は、何かに思い至ったような表情を浮

かべて倉庫の一つを指差した。

「あそこには二代前の眷属の子が使っていたものが入っているはずだけど、あの子のメイン武器は弓だったから、良い弓があるんじゃないかしら。リュカはもうあの倉庫は確認した？」

「軽くは確認しました。確かに……弓があったような気がします。ただそれ以上にたくさんの服があって、それに気を取られました」

数百の服が並ぶ光景に圧倒されたことを思い出して苦笑を浮かべると、セレミース様は昔を懐かしむような笑みを見せた。

「あの子は服が大好きだったのよね……レベッカに合うものもあるんじゃないかしら？」

「……わたしが使ってしまっていいのですか？」

「ええ、倉庫に寝かしておいても仕方がないもの。なんでも使って良いわ」

「本当ですか！　ありがとうございます。では今回は弓を使わせていただきます」

レベッカが瞳を輝かせて倉庫に駆けていくのを見送り、俺は水鏡に視線を戻した。

「リュカは見に行かなくても良いの？」

「はい。俺にはエッボさんからもらった剣が合っていますし、弓の良さはレベッカが一番分かりますから」

「確かにそうね。ではこれからのことについて話をしましょう」

セレミース様がそう言って水鏡に視線を戻したのを見て、俺も水鏡を覗き込んだ。

「三十層は広場があるだけなんですよね？」

「ええ、それもそこまで広くない空間よ」

水鏡の視点が三十層全体を映すものに変わった。

楕円の形をした三十層は、一番遠い端から端までで数百メートルしかなさそうだ。

「大地の神の眷属はいませんね」

「神域にいるのでしょうね。あなたたちが三十層に足を踏み入れたら襲われるはずよ」

ついに、大地の神の眷属と対峙することになるのか……実際の場所を見ると緊張で手が震えそうになり、無意識のうちに拳をキツく握りしめた。

大丈夫だ、俺にはレベッカがいるし、今まで必死に努力してきた。絶対に負けない。

「セレミース様、大地の神の眷属は特殊能力でダンジョンコアから魔物を溢れさせているのですよね？」

「そうよ。あなたが使える仮初の平和と同じような能力ね」

「その能力って他にできることはあるんですか？」

「確か……地殻変動という名前の能力だったはずだわ。戦う時に重要な能力は地面を動かせることね。広い範囲になるほどに小さな変化しか起こせないけれど、狭い範囲ならば大きな変化も起こせるわ」

地殻変動か……地面を動かせるのはかなり厄介だな。

「例えば地面を槍のように鋭く伸ばしたり、隆起させて壁の代わりにしたりなどができるということですか？」

「そういうことね。あとは地面を少しだけ凹ませたり、小さな落とし穴を作ったり、そういったことも一瞬でできるのよ」

それは怖い能力だ。足元が固定されないのは戦うにあたって相当なハンデだし、だからといって下ばかり見ているわけにはいかない。

「私もできる限りサポートするから、とにかく命を大事に頑張りなさい。……危険なことを頼んでいる私が言える言葉じゃないかもしれないけれど」

「いえ、とても心強いです。ありがとうございます」

お礼を伝えるとセレミース様は綺麗に微笑んでくれて、その表情を見て気合を入れ直した。

それからレベッカがいくつかの弓を試し撃ちして、今までの弓よりも強くて手に馴染むものを選び、準備は完了だ。

「じゃあ戻ろう」

「ええ、ダンジョンコアを壊してやるわよ」

水鏡を覗き込むセレミース様に合図をしてもらってダンジョンに戻ると、周囲に魔物はいなく安全に降り立つことができた。三十層に続いている階段はすぐ近くだ。

「レベッカ、階段を下りたらダンジョンコア目掛けて一直線に走るから、付いてきて欲しい。ダンジョンコアが弓の射程圏内に入ったらすぐに撃って。俺も魔法をすぐ放つから」

まずはとにかくダンジョンコアの破壊を狙うのだ。運良く大地の神と眷属が神域で油断をしていて、隙をつけたらそれが一番いい。

「分かったわ。とにかくまずはダンジョンコア狙いね」

「ああ……じゃあ行こう」

俺たちはそれぞれの武器を固く握り直し、脇道から階段がある広場に躍り出た。

ここからが本番だ。

広場には多くの魔物がひしめき合っていて、俺たちが姿を現すと一斉に襲いかかってくる。魔法で魔物を蹴散らして、作り出した一本道を階段に向かってひた走った。

途中でまた魔物が襲ってくるが、そのたびに蹴散らして道を作り直す。そうして走ることしばらく、階段に辿り着いた俺たちは、そこを埋め尽くす魔物に一瞬足を止めた。

「凄いな……」

「でも行くしかないわよ」

「そうだな。……レベッカ、魔法を放ったら走るぞ」

「了解」

魔力を多めに練ってアイスフラワーを放つと、直接攻撃を受けた魔物だけでなく、周囲の魔物もその冷気に倒れていった。

「今のうちに！」

「分かってるわ！」

階段を駆け下りて三十層に足を踏み入れると……たくさんの魔物がいる奥に、キラキラと輝くダンジョンコアがあった。あとはあれを壊すだけだ。

地面を強く踏みつけて今出せる最大の速度でダンジョンコアに近づき――魔法の射程圏内に入った瞬間、今までで一番の魔力を込めたアイススピアを放った。

それと同時にレベッカも渾身の力で弓を放ったようで、二つはほぼ同じ速度でダンジョンコア目掛けて飛んでいき……そのままダンジョンコアを破壊する！　そう思った瞬間、激しい炎で二つの攻撃は一瞬にして消え去った。

そして姿を現したのは、背が高く褐色の肌をした目付きの鋭い男だ。異国の旅装に身を包んだ男は、腰に細身の剣を差している。

こいつが大地の神の眷属か。

「お前たち……何者だ」

男はこの大陸の共通語を発したが、それにはかなりの訛りがあった。この容姿だと大陸の東寄り出身か、それとも別の大陸か。

「お前こそ、なぜ邪魔をした？　ダンジョンコアを破壊すればスタンピードが消滅する。俺たちは街を救うためにダンジョンコアを破壊しに来たんだ」

「……それは許さん。ダンジョンコアは大地を構成する大切な要素だ。特にこれほどまで大きく育ったものはな」

「このままだと街に住む大勢の人たちが死ぬんだぞ。お前はそれでもいいのか？」

男の瞳を真剣に見つめながらそう問いかけると、男は躊躇うことなく頷いた。

「必要な犠牲だ」

「……俺はそうは思わない。ダンジョンコアなんて、壊したってなんの影響もないじゃないか。日頃から世界中でたくさん壊されている」

説得しようと思って告げたその言葉は、逆に男の逆鱗に触れたらしい。俺の言葉を聞いた瞬間に、目付きを鋭くして声を荒らげた。

「貴様は我々が繁栄できた礎を貶すのか⁉」

――これは、意見の一致は無理そうだな。

「そもそもなぜお前は、今この瞬間ここにいるんだ？　ダンジョンコアを守っているのだとしても、育ちすぎたダンジョンコアなんて世界中にあるはずだ。ここでスタンピードが起きていることと関係があるのか？」

話の方向性を説得から揺さぶりに変えてみると、男は鋭い目付きのまま押し黙った。大地の神と話をしているのかもしれない。

この間にダンジョンコアを……そう思ったが、男に隙はなく動けない。何をしても攻撃を相殺されそうだ。

まず男の方を無力化しないとダンジョンコアの破壊は無理だな。

『セレミース様、俺が眷属だって向こうは気づいていると思いますか？』

『気づく要素はないはずよ。同時に自分が大地の神の眷属だということも、気づかれているとは思っていないはず。そこが突破口になれば良いのだけれど』

セレミース様のその言葉が聞こえた直後、男は鋭い視線で俺とレベッカを交互に射貫いた。

「お前たち、このまま地上に戻れば見逃そう。ここに到達できるほどの実力があれば、スタンピードの被害を減らすことはできるだろう。……まだダンジョンコアの破壊を企むというのならば、その時は容赦なく切り捨てる」

男の威圧感に思わず生唾を飲み込んでしまったが、自分を鼓舞するように剣を握る手に力を入れた。レベッカも隣で緊張しながらも、弓を構え直すのが分かった。

「……馬鹿なやつらだ」

男はポツリとそう呟くと地面を踏み込み……信じられない速度で一気に俺たちとの距離を詰めてきた。

男の重くて鋭い一撃をなんとか受け止めたが、純粋な力比べでは勝てる気がしない。

「うっ……」

ギリギリのところで男の剣をなんとか受け流し、アイスボールで追撃しようとするも……ファイヤーボールで相殺されてしまう。

男がファイヤーボールを放った瞬間にレベッカが放っていた矢も、炎で塵と化した。

相手の方が身体能力は上だな……魔法に関しては互角に戦えるだろうが、互角に戦えたところで勝てるわけじゃない。

俺が有利なのはレベッカがいること、仮初の平和を使えること、そして互いが眷属だということを知っていること、この三つだ。

「……っアイスウォール！」

また男がかなりの速度で俺との距離を詰めてきたので、剣で受け止めるのではなくアイスウォールを作り出して氷の壁で防御をした。

しかし男の剣が氷に阻まれる寸前、男はその場で大きく上に跳躍して、氷の壁を乗り越え俺に向かって上から剣を振り下ろす。

そのあまりに予想外な動きに一瞬動きを止めてしまったが、なんとか風魔法で自分を横に吹き飛ばして攻撃を避けた。

「今のは危なかった……」

「……風魔法まで使えるのか？　本当に優秀だな。この俺とここまで戦える者は、今まで数えられるほどしかいなかった」

男が少しだけ瞳を見開き感心したように見つめてきたので、どうやって倒そうか考える時間を作り出すためにも男に話しかけた。

「お前、名前はなんて言うんだ？」

「……アースィムだ。お前の名は？」

「俺はリュカ。後ろにいるのはレベッカだ」

「リュカとレベッカだな。覚えておこう」

「……っ」

本当に……重いっ！

アースィムと名乗った男は俺たちの名前を呟いた直後、また確実に息の根を止めるための鋭い一撃を繰り出してくる。

考える時間もくれないのかよ！

攻撃をなんとか逸らして、今度はこっちから先制攻撃を繰り出そうとトルネードを放った。しかし同じく風魔法で簡単に相殺されてしまう。

そして風魔法の直後に剣での追撃が来て、それをなんとか躱すので精一杯になり、こちらから攻撃を仕掛けることもできない。

ギリギリのところで直撃は免れているが、頬に腕に首にと、擦り傷が増えていく。

これは厳しいな……魔法じゃ決着がつかないし、かといって剣でも勝てない。レベッカの矢も片手間のように弾かれてしまう。

「うわっ！」

アースィムの剣を受け流して後ろに飛び退ると、平だと思っていた地面が剣山のようになっていて、危うく串刺しになるところだった。

間一髪で氷魔法のアイスウォールを剣山の上に展開して怪我は免れたが、本当にギリギリだ。

『左足に落とし穴！』

『はい！』

『ファイヤーボールの裏にロックアローが隠れてるわ！』

『了解です！』

セレミース様の助けも借りながら、何とか致命傷は喰らっていない。

ただこのままだとジリ貧だ。俺には数え切れないほどの怪我があるのに、アースィムはまだ無傷なのだから。

こうなったら――仮初の平和を使うしかない。相手が警戒していない最初なら、紫球を当てられるはずだ。

「レベッカ！　ダンジョンコアを狙え！」

「了解！」

わざとアースィムにも聞かせるように声をかけたことで、アースィムの意識が少しだけレベッカの方に向かい、その瞬間に俺はアースィムの懐目掛けて飛び込んだ。

しかし俺の剣はアースィムに簡単に止められて、放ったアイススピアはファイヤーボールで相殺されてしまう。

　でもこれでいい。至近距離で放たれたファイヤーボールはアイススピアを蒸発させるだけじゃなく、俺の全身をも熱く焼いた。

「うぅ……」

　あまりの痛みと衝撃に呻き声が漏れるが、なんとか耐えてすぐに仮初の平和を発動する。

　仮初の平和は自傷のダメージは抽出できないので、死なない程度の怪我を相手から受けなければいけないのだ。

「なんだ、それは」

　俺の体から紫のモヤが立ち上りそれが紫球を形作る様を見て、アースィムは警戒を最大にした。

　しかし、初めて見る攻撃をどう相殺したらいいのか分からないらしく、眉間に皺を寄せてこちらを睨むだけで何も攻撃を仕掛けてこない。

　その隙を好機と見て、渾身の力でアースィムに向けて紫球を放った。

　するとアースィムは分厚いロックウォールを作り出して盾としたが……紫球はロックウォールにぶつかる寸前に方向を九十度転換させ、ロックウォールを乗り越えて上からアースィムを襲う。

「なっ……！」

　アースィムは咄嗟に横に飛び退き紫球から逃れたが、それも追撃した紫球は——数秒後にはアースィムを捉えていた。

　紫球が直撃したアースィムの体は、突然ガクッと崩れ落ちてその場に倒れ込む。

「レベッカ、今だ！」

弓を構えていたレベッカに合図をすると、その瞬間に相当な速度で矢が放たれ、ダンジョンコアのど真ん中に突き刺さった。

ダンジョンコアは矢が刺さった場所からヒビが広がっていき……パリンッという綺麗な音を響かせて砕け散る。

「お前……眷属、だったのか」

大地の神から聞いたのか、アースィムはそう呟いて俺を睨みつけてきた。しかしまだ起き上がれないようで、地に倒れたままだ。

「さあな」

「……貴様……っ！」

アースィムは俺に向かって魔法を放ってくるが、狙いが定まらないようで避けるまでもなく当たらない。

「リュカ、やったわね！」

「レベッカ、本当に助かった。ありがと」

「凄かったわ！　あの攻撃ってあんな自在に動くのね」

「五分以内なら俺が自由に動かせるんだ。ただスピードを出せば出すほど制御が難しいみたいだ……って、うわっ」

レベッカと喜び合った瞬間、地面がぐらりと揺れて立っているのも大変になった。

ダンジョンが、崩壊するのか。

「これって……っ、大丈夫、なのよね？」

「だっ、大丈夫な、はず……っ」

二人で手を繋いでなんとか揺れに耐えていると……一際大きな揺れと共に視界が真っ白に染まり、気づいた時には狭い洞窟の中にいた。

周囲を見回すとまだ傷が治りきっていないのか、アースィムが眉間に皺を寄せながら立ち上がっていて、襲ってくるかと身構えたが……こちらを睨みつけながら、洞窟の壁を動かして隙間に消えていった。

『セレミース様、追いかけなくてもいいでしょうか』

『良いわ。もう追つけないでしょう』

確かにな……あんなふうに逃げられるとなると、追いつける自信は皆無だ。

アースィムが消えた岩壁は、隙間があったことなんて全く悟らせないほど綺麗に戻っている。

「声が聞こえるわね……」

レベッカのその声に意識を洞窟の外に向けてみると、ガヤガヤと困惑している大勢の人たちの声が聞こえてきた。

突然魔物が出てこなくなったら、それは混乱するだろう。

「説明に行こうか。街中が不安に覆われてるだろうから、安心させてあげないと」

「そうね」

俺とレベッカは顔を見合わせて頷き合い、洞窟から外に向けて一歩を踏み出した。

第七話✦救国の英雄

アルバネル王国の冒険者ギルドはとにかく慌ただしかった。

スタンピードが発生して数時間、そろそろ前線の者たちの集中力が途切れる頃で、人員を交代しなければいけない。

騎士団との兼ね合いもあり、エドモンはとにかく仕事に追われていた。

「エドモンさん！　予想以上に魔物の数が多いです！」

ギルドに駆け込んできた冒険者の言葉がエドモンの耳に届き、しかしエドモンはそれを気にせず書類に目を通し続ける。

「そんなのスタンピードなんだから当たり前だろ」

「あれっていつまで続くんですか⁉」

「そんなの俺が知りてぇよ。三日で終わることもあれば、一週間続くこともある」

エドモンのその言葉に冒険者の顔色は悪くなり、その場で右往左往し始めた。

「ま、街の人たちの避難は！」

「そんなのやってる暇はねぇんだ。こんなデカい街で全員が避難するのにどれほどの人員が必要か」

エドモンがその言葉を発した直後、今度はギルドに騎士姿の男が駆け込んでくる。

「報告します。前線は刻一刻と状況が悪化しております。敵の数は時間毎に増し、我々は負傷者が増えています。このままでは一日ほどで抑えきれなくなり、街の中に魔物が流れ込むかと」

「……騎士団は増員できねぇのか？」

「これ以上は難しいです。全騎士団が魔物への対処にあたっていて、王宮に残っている騎士もごく僅かです」

「はぁ……ほんとにヤベェな」

エドモンは頭をガシガシと掻きむしると、近くに置かれていた剣を手にして立ち上がった。

「とりあえず俺が前線に行く。もうここでできる仕事はほとんど終わったからな。まとめ役がいるのといないのとじゃ違うだろう。副ギルドマスター、俺が帰ってくるまでギルドのトップはお前だ。帰ってこなかったら、そのままお前がギルドマスターな」

エドモンのその言葉を聞いた副ギルドマスターである小柄な男は、瞳に涙を浮かべながら頷いた。これが最後の別れである可能性を感じているのだろう。

「じゃあ行ってくる」

「お気をつけて……！」

エドモンが前線に到着すると、現場は予想以上に酷い有様だった。

そこかしこに負傷者が倒れていて、魔物と戦っている者たちも瞳に諦めの色を浮かべている。

「お前ら！　気合い入れろ‼」

エドモンが後ろから叫んで前方に向かうと、エドモンを見た冒険者たちはだんだんと瞳に生気を取り戻した。

「エドモンさん、ここに来ていいんすか！」

「ギルドは副ギルドマスターに任せてきたからな！　お前らが必死で戦ってんのに、俺が椅子に座ってるわけにはいかねぇだろっ！」

エドモンが振り下ろした一撃は、数匹の魔物を一気に切り刻む。

「おおっ、さすがエドモンさん！」

現在はギルドマスターとして現場に出ることは少ないが、若い頃は二級冒険者として活躍していたエドモンの一撃に、現場の士気が上がった。

「お前、そんなに張り切って大丈夫なのか？」

大立ち回りをしていたエドモンの下に、一人の男が近寄った。

「フェルナン！　お前、こんなところにいていいのかよ。騎士団長様だろ？」

「それはお前も同じだろっ！」

フェルナンが鋭く突いた槍による一撃は、数匹の魔物を串刺しにする。

「俺はいいんだ。ギルドは副ギルドマスターに任せてきたからな！」

「それなら俺も同じだ。副団長が上手くやってくれている」

二人は一瞬だけ視線を合わせると、まるで日頃から共に戦っているかのような息の合った戦闘を見せた。

互いの攻撃を邪魔することはなく、それぞれが攻撃に防御にと、言葉を交わさずとも連携をしている。

「俺らもまだまだいけるなっ！」

「若い頃の半分だけどな」

「ははっ、それは仕方ねぇよ」

ギルドマスターと騎士団長が先頭で素晴らしい動きを見せていることで、この場にいる全員の心に火がついた。

先ほどまではぎこちなかった冒険者と騎士たちの関係性も、トップが協力していることで途端に良い方向へと向かう。

それからさらに数時間、皆は必死に魔物を倒し続けた。

しかしいくら士気が上がっても、どうにもならないことはある。

一人冒険者が倒れ、その穴から流れ込んだ魔物によって数人が地に伏し、何とか立て直してもまた一人倒れ。

そうしてだんだんと戦える人数が減っていき、そろそろ前線が崩壊する。

誰もがそんな予感を抱いていた――――まさにその時、予想していなかった事態が起きた。

魔物の出現が、ピタッと止まったのだ。

今までは絶え間なく襲ってきていた魔物が急に一匹も現れなくなった異様な光景に、皆は眉間に皺を寄せて黙り込む。

そして数十秒が経過し、誰かがポツリと呟いた。

「もしかして……スタンピードが、終わったのか？」

「いや、さすがに早すぎるだろ」

「それにスタンピードって、こんな急に止まるものじゃねぇよな？　だんだんと数が減るんじゃないのか？」

　スタンピードが止まったと顔を喜色に染める者と、何かがおかしいと眉間の皺を深くする者。皆がそれぞれの意見をぶつけ合って、今度は戦闘音ではなく話し声でうるさくなる。

「エドモン、どういうことだと思う？」

「俺にも分からねぇ……が、楽観的に見るのは良くないな。何かの前触れかもしれん」

「そうだな。……ダンジョンの入り口を確認に行くか？」

　フェルナンのその提案にエドモンが硬い表情で頷き、二人が同時に一歩を踏み出した……その瞬間。ダンジョンの入り口があるはずの岩山の隙間から、二人の人物が姿を現した。

　その人物の顔を見た瞬間、ほとんどの冒険者は顔を驚愕に染める。

　もちろんエドモンも例外ではない。

「な、何で……あいつがこんなところに」

「知り合いか？」

「冒険者だ。スタンピードの発生を知らせてくれた、五級の」

「五級って……初心者じゃないか。なぜこんなところに……スタンピードが止まったことと関係があるのか？」

　皆が混乱してリュカとレベッカの動向を見守ることしかできず、場を沈黙が支配した。

　そんな異様な空気の中で、二人は倒れた魔物が散乱している中を躊躇いなく歩き、エドモンの下に向かって足を止める。

「エドモンさん、スタンピードは止めたので、もう魔物が出てくることはありません。魔物は街に入り込んでないですか？」

「あ、ああ、ここで何とか防いでいたが……止めたって、どういうことだ？」

「ダンジョンコアを破壊してきました」

リュカが発したその言葉は、静まり返っていた戦場に響き渡り……。

「「「「どういうことだよ!?」」」」

今度は大勢のツッコミが場を支配した。

「いやいや、スタンピード中のダンジョンでダンジョンコアを破壊するとか、無理だろ！」

「どんな超人だよ！」

「お前は五級だろ！」

「お前ら、ちょっと静かにしろ」

エドモンの一言でまた静かに戻ったところで、エドモンはリュカに真剣な瞳を向けた。

「さっきの言葉は本当か？」

「はい。ダンジョンコアは破壊しました。……入り口を見に行きますか？」

「そうだな……フェルナン、お前も行くぞ。お前らはここで待ってろ！」

リュカとレベッカの後ろにエドモンとフェルナンが付いていく形で、四人はダンジョンの入り口があるはずの岩山の隙間に向かった。

「レベッカも一緒に行ったのか？」

エドモンが歩きながら、少しでも現状を理解しようと質問を投げかける。

「はい。ですがわたしはあまり役に立ちませんでした。リュカがほとんどの魔物を倒してくれたんです」

「……でも、スタンピード中のダンジョン内に付いては行ったんだな」

「行きました」

　レベッカの迷いない返答にエドモンは困惑を隠し切れない。五級の二人が想像もできない偉業を成し遂げたとしても、すぐに受け入れられないのは仕方がないだろう。

「君はなぜその強さで五級なんだ？」

　次に質問したのはフェルナンだ。

「つい最近まで呪いにかかっていたんです。それが解けて、一気に強くなれました」

「そんなことがあるんだな……」

「自分でも驚いています」

　それからもダンジョン内でどんなふうに魔物を倒したのか、スタンピード中のダンジョン内はどんな様子だったのかについて話をしていると、すぐにダンジョンの入り口に辿り着いた。

　中の様子を覗き込んだエドモンとフェルナンは……本当に何もなくなっているという現実に、厳しい表情を緩めて僅かな笑みを見せる。

「本当にダンジョンがなくなってるじゃねぇか」

「スタンピードは……終わったんだな」

　二人は静かにそう呟いてしばらく何もない洞窟の中を眺めていると、だんだんと喜びが胸に湧き上がってきたのか笑みを深めていく。

まず動いたのはエドモンだ。

「リュカ！　レベッカ！　お前らマジで最高だ！」

バシッと両手で二人の背中を叩いたエドモンは、満面の笑みを浮かべていた。

「この街の救世主だな」

「ほんとだぜ！　スタンピード中のダンジョンに入ってダンジョンコアを破壊するとか、どんな力業だよ！」

「リュカ、レベッカ、国を代表して礼を言わせて欲しい。本当に、本当にありがとう」

「俺からも礼を言わせてくれ。本当にありがとう」

フェルナンとエドモンに深く頭を下げられたリュカとレベッカは、慌てて頭を上げてもらう。

「頭を上げてください。俺の力が役に立って良かったです」

「よしっ、じゃあ皆に知らせに行くぞ。二人のおかげで危機は去ったってな」

エドモンがニッと笑みを浮かべて洞窟を後にし、三人もエドモンに続いた。

そして未だに緊張感が残る前線に戻り……。

「皆、リュカとレベッカがやってくれたぞ！　ダンジョンは完全になくなってた！　スタンピードは終わりだ！」

そう宣言すると、わっと大歓声が巻き起こる。

「リュカ、お前そんなに強くなってたのかよ！」

「マジで最高だぜ！」

「俺はお前がやる男だって信じてたぞ！」

「レベッカ！　お前も強かったんだな！」

「よく分からないが、とにかくありがとう！」

「俺ら全員の命の恩人だ！」

「国の救世主だ！」

　冒険者と騎士たちから称賛の声が沸き起こり、リュカとレベッカは照れた様子だ。

「……もう、わたしはそこまで称賛されることはしてないのに」

「いや、レベッカがいなかったらダンジョンコアを壊せなかった。本当に助かったよ。……この街を救えて良かったな」

「……そうね。リュカ、本当にありがとう」

　それからしばらく二人を称賛する声は止まず、やっと落ち着いてきたところで魔物の片付けや報告をすることになった。

「リュカ、レベッカ、お前らのことはさっきの話を聞いたまま上に報告する。もしかしたら、国から褒美がもらえるかもしれないぞ」

「いや、確実にもらえる。俺が交渉するからな」

　フェルナンが自信ありげに発したその言葉に、エドモンはニヤッと楽しげな笑みを見せた。

「それは確実だな。二人とも、期待しておくといい」

「ありがとうございます。えっと……フェルナン様、とお呼びすればいいのでしょうか？」

「そういえば、しっかりと挨拶をしていなかったな。すまない、動揺して忘れていた。俺は第一騎士団の団長をしているフェルナン・オージェだ」

――第一騎士団の団長⁉

「そ、そんなに凄い人だったとは知らず……無礼を」

「いや、気にする必要はない。騎士団長なんてそんなに偉いものでもないからな」

「はぁ……」

リュカとレベッカはフェルナンの肩書きに驚き、しかしそれがだんだんと飲み込めてきたところで、次第に疑問が湧いてきた。

「エドモンさんは……オージェ様とお知り合いなんでしょうか？」

レベッカのその疑問に答えたのはフェルナンだ。

「こいつは元々騎士団にいたんだ。上に逆らいすぎてクビになったがな」

「そんな経歴が……確かにエドモンさんは、ギルドの方が合ってる気がします」

リュカが思わず溢した本音に、フェルナンは「ははっ」と笑い声を上げた。

「こいつはそもそも貴族社会が肌に合わないんだ。だから実家からも追い出されてる」

「え、貴族だったんですか⁉」

「親がな。でも男爵家だし平民とそう変わらねぇよ。こいつなんて伯爵家だぜ」

「伯爵家……」

リュカが瞳を見開いて驚きを露わにすると、エドモンはリュカの瞳を楽しげに射貫いた。

「貴族社会なんて関係ないと思ってるかもしれねぇが、お前たちはこれから関わることになるんだぞ」

「そうだな。先ほどの話を聞いた限りでは、リュカは一級冒険者への昇級となる可能性が高い。

レベッカも三級は確実だろう」

「一級冒険者は世界中に五人しかいなく、どの国に行っても伯爵相当の待遇が保障される立場だ。俺よりも一気に偉くなっちまうな」

リュカは一級という言葉に呆然と口を開いて固まった。

「リュカ！　す、凄いわね‼」

「す、凄い……な。凄すぎて、実感が湧かない」

「ははっ、とりあえず上に報告して色々と落ち着くまで数日は掛かる。その間に気持ちの整理をしとけよ。数日後にギルドに来てくれ」

「分かりました」

エドモンのその言葉にリュカが頷き、この場は一旦解散となった。

街へと戻っていくリュカとレベッカは、英雄として皆に讃えられた。

◇

「陛下、スタンピードから街は守られました」

リュカとレベッカがダンジョンコアを破壊した翌日。フェルナンとエドモンは報告のために王族全員と向かい合っていた。

「さすがは我が国の騎士たちだ！　よくやったぞ！」

「ありがとうございます。しかし此度の防衛で一番活躍したのは冒険者でございます。エドモン、説明を」

「かしこまりました。冒険者ギルドのマスターであるエドモンでございます。我がギルドに所属するリュカとレベッカという二人組の冒険者が、スタンピード中のダンジョン内に勇敢にも挑み、ダンジョンコアを破壊してスタンピードを止めました。二人にも感謝の言葉を伝えていただけたら幸いです」

エドモンのその言葉にほとんどの王族は感心した様子で笑みを浮かべたが、一人の王女だけは瞳を見開いて驚きを露わにした。

「そのような者たちがいたのか！　それは素晴らしい。もちろん我が直々に感謝を伝えよう！」

陛下のその言葉に、フェルナンは頭を下げたまま口を開く。

「国の威信を皆に知らしめるためにも、ここは盛大に褒美なども与えるべきかと」

「ほう、それは良い！　よし、褒美を選んでおけ！」

陛下のその言葉にお付きの者たちが一斉に頭を下げた。これでリュカとレベッカには豪華な褒美が渡されるだろう。

「陛下、その者たちが冒険者ならば、一級冒険者として認定すべきかと。一級は国から認められるような大きな活躍をした者に与えられる等級ですので」

国王の隣に立っている宰相が耳打ちをした内容を聞き、国王はそれをそのまま宣言した。

この国王はとにかく王としての器はないが、他人の意見を基本的には鵜呑みにするタイプなので、周囲の人間が善良で有能なこの国では何とか上手く回っている。

それでも突拍子もない決定に振り回されたりもするわけだが……国王の三女である王女の輿入

れなど、その最たるものだ。

　その王女が、決意を固めた表情で一歩前に進み出た。先ほど二人の偉業を聞いて驚きを露わにしていた者だ。

「お父様、一つわがままを聞いていただけないでしょうか」

「アンリエットか、何だ？　輿入れが嫌だなどという意見は聞けないぞ」

「そうではございません。その輿入れの道中の護衛に、先ほどの二人組の冒険者を加えていただけないかと思っております。騎士たちは国境までしか付いてこられませんし、その後の道中は帝国の騎士たちが守ってくださるとはいえ不安なのです。また他国に一級冒険者の存在を知らしめることにも繋がるのではないでしょうか」

　アンリエットが告げた言葉は国王の心を擽り、国王はほぼ悩むことなくその提案に頷いた。

「確かにそれは良いな。よしっ、褒美を渡して感謝を伝える際に指名依頼を出そう」

「本当ですか！　お父様、ありがとうございます！」

　そこで王族への一連の報告は終わりとなり、その後は細かい日程を定めるためにフェルナンとエドモンは王宮の会議室に向かった。

　私室に戻ったアンリエットは……部屋で一人になると、忽然と姿を消したのだった。

第八話＊謁見と指名依頼

スタンピードを解決してから数日は、ひたすらのんびりと過ごしていた。

危機が去ったことでお祭り騒ぎのようになっていた街中をレベッカと散策し、安売りをしている屋台で買い物を楽しみ、食堂で美味しい食事を堪能した。

神域にも顔を出してセレミース様とも危機が去ったことを喜んだ。

そんな穏やかな日々を過ごし……今日はギルドへと顔を出そうと思っている。

「そろそろ落ち着いてるかしら」

「街中も日常に戻ってきてるし、色々と決まってるんじゃない？」

「そうよね。褒美が楽しみだわ」

そんな話をしながらギルドのドアを開けると、俺たちが顔を出した瞬間にギルド内が沸いた。

「英雄が来たぜ！」

凄いな……未だにこうして讃えられるのには慣れない。でも、嬉しいことは確かだ。

「リュカさん、レベッカさん、お待ちしておりました」

冒険者の皆と話をしていると、受付の女性に声を掛けられた。

「お二人がこちらに来られたら、ギルドマスターの執務室にご案内するようにと仰せつかっております。一緒に来ていただいてもよろしいでしょうか」

「もちろんです」

その答えに女性はにっこりと笑みを浮かべ、前にも一度入った執務室に案内してくれた。

女性がノックをしてからドアを開けると、中ではエドモンさんが機嫌良さそうにソファーに座っている。

「よく来たな」

「おはようございます」

「ここ数日で色々と決まったぞ。まずは座ってくれ」

ソファーに腰掛けるとすぐにお茶を出してもらえて、室内には俺とレベッカ、エドモンさんだけになった。

エドモンさんは背筋を伸ばしてニッと笑みを浮かべると、嬉しい事実を伝えてくれる。

「さっそくだがリュカは一級、レベッカは三級に昇級となったぞ。世界で六人目の一級冒険者が誕生だ」

「おお……本当にそうなったんですね」

可能性が高いと言われていたが、実際に昇格と言われると感慨深い。本当に一級冒険者になれるのか……素直に嬉しい。

「リュカ、やったわね」

「ああ、レベッカもおめでとう」

レベッカに視線を向けると、満足そうな笑みを浮かべていた。

「もうリュカは有名人ね。これからはどこに行っても目立つわよ」

確かに一級冒険者は注目を浴びるだろう。ギルドでカードを出すたびに驚かれそうだ。

ちょっと……これからが楽しみかもしれない。有頂天にはならないように気をつけないと。

「これからは今まで以上にギルドへの貢献を頼んだぞ」

「もちろんです」

「じゃあ、さっそく昇級の手続きをするか。職員を呼ぶから待っててくれ」

エドモンさんはフットワーク軽く自分で立ち上がると、部屋のドアから顔を出して廊下に呼びかけた。

結構緩い感じなんだな。こういう人の下で働くのは楽しそうだ。

「今向かいます！」

男性の声が廊下から聞こえてきて、数分後に部屋のドアがノックされる。

「入っていいぞ」

「失礼いたします。昇級手続きに参りました」

「ありがとな」

男性はいくつかの荷物を抱えながらテーブルの側に跪くと、俺たちの顔を見上げた。

「リュカさんは一級に、レベッカさんは三級に昇級となります。まずは今まで使われていたカードを回収させていただきたいのですが、よろしいでしょうか」

「分かりました」

数年間使った愛着のあるギルドカードだったので、少し寂しい気持ちになりつつカードを渡した。男性はレベッカの分も受け取り、二つのカードを木箱に仕舞う。

「確かに受け取りました。では新しいカードをお渡しいたします」

「え、今日もらえるんですか？」

ギルドカードは五級と四級が木製のカードで、三級が銅製、二級が銀製、一級が金製という決まりがある。さらに三級からは、偽造防止として冒険者ギルドの紋章も刻まれる。

だから三級以上のカードは、でき上がるまで時間が掛かるとよく言われているのだ。

「二人のカードは昇級が決まった日に急いで作らせたんだ」

「そうだったのですね。ありがとうございます」

すぐに受け取れる嬉しさからエドモンさんに深く頭を下げて感謝を伝えると、エドモンさんは気にするなと手を振ってくれた。

「こちらに入っておりますので、蓋を開けてください」

男性が取り出してくれたのは、高級感が漂う布が貼られた箱だ。

蓋を開くと……中からは光を反射してキラキラと輝くカードが姿を現す。

「ちょっと触るのを躊躇うわ」

「分かる」

レベッカの方にも綺麗なカードが入っているみたいだ。

触る前にカードをじっと見つめて深呼吸をしてから、そっと手のひらの上に載せた。

「結構な重さがあるんだな」

木製のカードとは全然違う。この重みが一級冒険者になったことの証拠のように感じる。

「気が引き締まるわね」

「本当だな」

それから俺たちはしばらくカードを見つめていて、満足したところで大切に鞄へと仕舞った。

そんな俺たちのことを確認してから、男性が口を開く。

「昇級手続きはこれで終わりとなります。次にパーティーカードについてなのですが、新しいものがありますのでお渡しさせていただきます」

「……パーティーカードも更新があるのですか？」

「パーティーカードはパーティー名が付いた場合に、鉄製のものに変わるんだ」

「そうなのですね……」

ということは、俺たちのパーティーに名前が付けられたのか。

パーティー名は凄い功績を上げた時に国などから付けられる場合があることは知っていたが、まさかそれが自分に起こるとは思っていなかった。

「どうぞ、お受け取りください」

また箱が渡されたので蓋を開けると……中のカードには、カッコいい名前が刻まれていた。

「新星の黒剣（オニキスノバ）って、リュカにぴったりね」

レベッカがカードを覗き込んでその名を口にする。

「名前に恥じないように、頑張らないとだな」

「パーティー名が付くと指名依頼が増えるだろうから、そのつもりでな。さらにリュカは一級になったことで、個人にも指名依頼が来るだろう」

「指名依頼が……」

少し前までは縁もゆかりもなかった制度だ。自分に指名依頼が来るなんて実感が湧かない。

「指名依頼は断れるのでしょうか？」

「それはもちろん断れる。ただ依頼してきた相手との関係性もあるから難しいこともあるな。その辺はギルドでもサポートをしているから、何か問題が起きた時には相談すると良い」

「分かりました。ありがとうございます」

パーティーカードも鞄に仕舞ったところで、昇級に関する話は全て終わりとなった。

「じゃあ、次は褒美についてだな」

「本当にもらえるんですか？」

「ああ、フェルナンが上手くやったんだ。二人には陛下から直接感謝の言葉が伝えられ、それと同時に褒美も渡されることになった。また、さっそく王家からの指名依頼も来ている」

「陛下から直接ってことは……謁見、ですか？」

「その通りだ。日程はすでに決まっていて、今から五日後の午前中。二人には前日に王宮入りして準備をしてもらう」

本当に謁見なのか。言葉を知ってるだけだった遠い世界が、一気に現実のものになった。王宮に行って陛下と直接会うなんて……今から緊張で胃が痛くなりそうだ。

「あの、作法などを何も知らないのですが」

不安そうに発したレベッカの言葉に、エドモンさんは大丈夫だと軽く笑った。

「前日に作法は教えてもらえるだろう。謁見は形式的なものだし、二人はほとんど喋る必要もないはずだ」

謁見ってそんな感じなのか。

それならなんとか、失敗せずにこなせるかもしれない。

「当日は頑張ります」

「ああ、褒美も楽しみにしているといい。俺も内容は知らないんだ」

それだけが楽しみだな。緊張するだろうが、国からの豪華な褒美がもらえると考えれば頑張れる気がする。

「指名依頼の内容は知ってますか？」

「一応な。ただ明かしてはいけないことになってるから、王宮で詳細は聞いてくれ」

「そうなのですね。分かりました」

そこまで話をしたところで一通り伝えきったのか、エドモンさんは体の力を抜いてソファーに身を預けた。

「それにしても、一気に大出世だな」

「自分でも信じられない気持ちです」

「ははっ、まあそうだよな。これから実感していくだろ」

実感できるのだろうか。なんだかずっと夢見心地な気がする。

いや、でも眷属だという事実には慣れたんだ。そう考えると、一級冒険者というのも数週間で慣れるのかもしれない。

「今まで受けられなかった依頼を受けてみたらいいんじゃねぇか？」

「確かにありですね」

「できれば難易度が高くて滞ってる依頼を消化してくれたらありがたい」

エドモンさんのギルドマスターとしての本音に、苦笑を浮かべながら頷いた。そういう依頼をこなすことも、平和の女神の眷属としては重要だろう。

それから俺たちはエドモンさんとしばらく雑談をして、二杯目のお茶を飲みきったところで執務室を後にした。


その日から三日間はじっとしてると謁見への緊張が高まってしまうので、レベッカと二人でダンジョンに潜って魔物を倒しまくっていた。

そして今日はエドモンさんと話してから四日目の朝。つまり、王宮に向かう日だ。

「ギルドに迎えが来てるのよね」

「そうらしいな……あ、エドモンさんだ」

ギルドに到着して辺りを見回すと見慣れない馬車が一台停まっていて、その近くにエドモンさんがいた。

「おっ、二人とも来たな。こっちだ」

エドモンさんは俺たちに気づくと軽く手を振ってくれて、そちらに向かうと迎えに来てくれた御者の男性を紹介してくれる。

「本日はよろしくお願いいたします。ではさっそくですが、馬車へどうぞ」

「ありがとうございます。失礼いたします」

「失礼します」

二人で馬車に乗り込んだら、エドモンさんに挨拶をしてさっそく出発だ。

男性はもちろん御者席に座ったので、中には俺とレベッカ二人だけになった。

「かなり緊張してきたわ……どのぐらいで着くのか分かる？」

「そうだな。三十分ぐらいじゃないか？」

街中では速度が出せないから、馬車移動は意外と時間が掛かるのが普通だ。

「三十分後には王宮ってことね。うぅ……胃痛がしてくる。陛下ってどんな人なんだろう、不敬だとか言われない？」

「どうなんだろうな……凄くカッコいいとか、紅茶が好きだって噂は聞いたことあるけど、怖くない人だといいな」

「そうね……礼儀作法も心配だわ。教えてもらえるって言ってたけど、一日で覚えられるとは思えないし。リュカは謁見の作法って勉強したことある？」

「いや、全くないな」

一般的に使われる敬語は両親から自然と習ったし、読み書きも両親や村長から、そして街に来てからはギルドで行われる講習などで習った。でも上流階級への礼儀作法なんて、俺には無縁だと思っていたから習おうと考えたことすらない。

「やっぱりそうよね……」

「とりあえず、今日が正念場だ。必死に覚えよう」

それからもレベッカと緊張を共有しつつ馬車に揺られていると、しばらくして馬車がだんだんと速度を落として王宮の前に止まった。

窓から少しだけ顔を出して外の様子を見てみると、王宮の敷地内に入る大きな門の前に止まってるみたいだ。

「こんなに王宮の近く、初めてね……」

「王宮なんて遠くから眺めるだけだからな……近くから見るとこんなに大きいのか」

「本当ね……」

何百人、何千人が住めるんだろうというほどに大きな建物だ。これだけ大きな建物が何に使われてるのか、全く想像がつかない。

「王宮の中に入ります。もう少しで止まりますので、降りる準備をお願いいたします」

「分かりました」

役人の男性から声をかけられて、俺たちの緊張度はさらに上がった。

『セレミース様、この国の陛下ってどんな人なんでしょうか。不敬だって罰せられたりしませんか？』

不安すぎて思わずセレミース様に声を掛けると、セレミース様からは笑い声が返ってきた。

『ふふふっ』

『……どうされましたか？』

『二人があの陛下に緊張しているのが面白くて、ごめんなさい。とりあえず、眼光鋭く怖い陛下ではないから安心して大丈夫よ』

そうなのか。その情報だけで少し緊張が和らぐ。

『では穏やかで優しい陛下なのでしょうか？』

『穏やかで優し……くはないわね』

『明るく親しみやすいとかですか？』

『そうでもないわ』

『じゃあ、真面目なお方とか』

『でもないわね』

……どういうことだ？　怖いお方じゃなくて、優しくもなくて、親しみやすくもなくて、真面目でもない。他に性格の分類ってあったかな。

陛下の人柄を想像できずに頭を悩ませていると、セレミース様から聞き間違えかと疑う言葉が伝えられた。

『この国の陛下は一言で言えば……馬鹿っぽいのよ。単純とも言うかしら。人の意見を素直に受け入れられて操りやすい、その点では良い部分かもしれないけれど、それが悪い方向に作用することもあるわ。他国との交渉で言いくるめられて、相手側に有利すぎる条件を受け入れたりね』

それ、一国の王として致命的なんじゃないだろうか……。

『後はそうね……これはどの国の王族もほとんど同じだけれど、やはり自己中心的な考え方をすることが多いわ。国民が百人犠牲になって自分一人が助かる場合、迷いなく自分が助かることを選んで、百人に対して役に立てたことを誇れるだろうって言ってしまうほどには』

何だか、陛下へのイメージがガラガラと崩れていく。

別に王家を崇拝してる人たちのように、神にも等しい存在だなんて思ってはいなかったが、それでも国のトップに立つカッコいい人だというイメージはあった。

『……礼儀がなってない、不敬だ、みたいなことはないでしょうか？』

『陛下が特別な存在であるという部分を否定しなければ大丈夫よ。単純だし褒めれば喜ぶんじゃないかしら』

『……それなら良かったです』

とりあえず、そこまで緊張する必要はないってことは分かった。ただ緊張が和らいだ代わりに凄く微妙な気分だ。

「リュカ、どうしたの？」

俺が複雑な表情をしていたからか、レベッカが心配そうに顔を覗き込んでくれた。

「えっと……ちょっとこっちに来てくれる？」

さすがに陛下の悪い評価を大きな声で言えないと思い、御者がいる方の席に座っていたレベッカに俺の隣に来てもらった。そして耳に口を近づけて、小さな声で告げる。

「セレミース様が陛下について教えてくれたんだ。それが凄く微妙で……聞きたい？」

その言葉に少しだけ悩んだレベッカは、一度俺の顔をじっと見つめてから小さく頷いた。

「お願い」

「分かった。……陛下は馬鹿っぽくて単純だから、褒めておけば問題ないって。あとは自己中心的な考え方をするから、陛下が特別な存在って部分は否定しないようにって」

かなり小さな声で告げた言葉だったが、レベッカの耳にはしっかりと届いたらしい。レベッカは眉間に皺を寄せて口を開いた。

「……聞かない方が良かったかも」

「イメージというか、憧れが崩れるよな」

「わたしの中にいたカッコいい陛下が崩れていったわ……」

レベッカはそう言って遠くを見つめてから、ふっと表情を緩めた。

「でも、緊張は和らいだかも」

「そうだな。そこだけは良かった」

それから二人でなんだか気が抜けて笑い合っていると、いつの間にか馬車が止まっていてドアが叩かれた。

「到着いたしましたので、ドアを開けてもよろしいでしょうか？」

「もちろんです」

開かれたドアから外に出ると……そこは王宮の裏口のような場所だった。

「こちらから中にお入りください。この後は謁見について説明させていただき、明日の身支度についてそれぞれ決めていただきます」

「分かりました」

男性に付いて王宮内を進むと、目に入るもの全てが豪華で少し歩くだけで疲れてくるほどだ。たまにすれ違う人たちには冒険者姿の俺たちが珍しいのか、ジロジロと視線を向けられる。

俺がこんなところにいるなんて、人生って何が起きるか分からないな。一ヶ月前はダンジョンで重い荷物に潰されそうになってたのに。

「こちらの応接室で説明させていただきます」

部屋の中に入ると、そこには動くのを躊躇うほどに豪華な内装が広がっていた。なんだか、キラキラと輝いている。

「お、王宮って凄いですね……」

「お客様にご満足していただけるような、おもてなしを心がけております」

緊張しながら豪華な装飾が付けられたソファーに腰掛けると、向かいに腰掛けた男性に一枚の紙を手渡された。これからの予定が書かれてるみたいだ。

予定をざっと確認すると、謁見は明日の午前十時から行われるらしい。俺たちは朝の六時には起きて準備を始めるそうだ。

「見ていただければ分かると思いますが、明日は朝早くから動いていただきます。そのため今夜は王宮に部屋を準備してありますので、そちらにお泊りください。謁見の所要時間は陛下次第ですが、基本的には十分から二十分程度です」

十分から二十分か。そんなに長くないと今は思うが、実際に謁見するとなったら果てしなく長く感じるのだろう。

「あの、謁見の後に書かれている打ち合わせとは何のことでしょうか？　指名依頼に関することですか？」

レベッカが紙を指差して問いかけた言葉に、男性はすぐに頷いた。

「仰る通りでございます。指名依頼については謁見の最後に陛下が依頼をされる予定となっておりまして、その場で受注されるかをお二人に答えていただくことになります。したがって詳細は明日の打ち合わせでの説明となりますが、ここでも概要を伝えさせていただきます」

陛下から直接依頼されるなんて、頷く以外の選択肢がないようなものだな。そこで今回は見送らせていただきます。なんて言う勇気は俺にはない。

「今回の依頼内容は、王女殿下の輿入れに際する帝都までの護衛でございます。王女殿下は数週間後に帝国へと輿入れされることが決まっておりまして、此度の活躍を聞かれた殿下直々のご希望でお二人にも依頼をすることになりました」

「王女殿下の護衛ですか……俺たちは護衛をしたことがありませんが、いいのでしょうか」

「構いません。基本的な護衛は近衛の仕事ですので、お二人にはその手助けをしていただく形になります。魔物討伐が主となるでしょう。ただ帝国に入ってからはあちらの騎士に護衛が移り、お二人がどのように護衛をできるのかも不明瞭となってしまいますので、依頼内容は帝都まで王女殿下を護衛すること、ではなく帝都まで両国の騎士の手助けをすることになります」

その依頼内容の違いに何の意味があるのか分からず首を僅かに傾げると、男性は少しだけ表情を暗くして再度口を開いた。

「……お二人もご存知かもしれませんが、帝国は近年荒れている国でございます。内情がどうなっているのか分からず、護衛の難易度も定かではありません。そんな国へ冒険者を派遣することにギルド側が難色を示しまして、そこでお二人の安全を確保するためにも、必ず安全に送り届けて欲しいという意味のこもった護衛ではなく、依頼内容的には王女殿下の安否にかかわらず帝都まで騎士の手助けをすれば良いという内容になっております」

そういうことか……そういえば帝国って、悪い噂ばかりが流れてくる国だったな。完全な実力主義で弱いものは淘汰されて当たり前。そんな考え方が蔓延っていると聞いたことがある。

確か他の国では基本的に禁止となっている奴隷制もあり、無能ってだけで奴隷にされたはずだ。帝国に生まれなくて良かったと安心した記憶がある。

「しかし……私がこんなことを言うのは烏滸がましいですが、王女殿下をお守りいただけたら嬉しく思います」

男性が頭を下げて発したその懇願に、俺たちは曖昧に頷くことしかできない。帝国の内情が分からないんじゃ、確実なことは言えないのだ。

「……なぜ王女殿下は、帝国に行かれるのでしょうか」

肯定の言葉の代わりに気になっていた質問を投げかけると、男性は顔を上げて重そうに口を開いた。

「……陛下が決められたことでございます。帝国との協力関係が強固なものとなるでしょう」

——要するに、陛下の独断で辛いところに嫁がされるのか。

王女様も大変なんだな。せめて相手がいい人なことを祈ろう。

「では時間があまりありませんので、さっそく謁見中の作法について説明させていただきます。こちらの紙をご覧ください」

それからは話を切り替えた男性によって礼儀作法をみっちり説明され、それが終わると王宮にある礼服の中から俺たちに合うのを見繕われ、全ての準備が終わったのは、完全に夜の帳が下りた頃だった。

「明日に備えてお早めにお休みになってください。何か御用がございましたら、そちらのベルを鳴らしていただければと思います」

準備が終わって夕食も食べたところで、従者という客人の身の回りの世話をする人に部屋へと案内された。部屋の中で一人になると、疲れからすぐベッドに横になる。

「体は疲れてないのに精神的な疲れが……」

謁見の作法は意外と覚えることが多くて大変だった。新しい知識を詰め込みすぎて、頭が上手く働かない。

でもこのままだと、明日の謁見で大変な失敗をやらかすかも……もう一回確認するか。

気力でベッドから体を起こし、何度も反芻した作法と注意点を最初から頭の中でシミュレーションしていく。

そしてそれを何度も繰り返し、やっと自分のものになってきたと実感が生まれたところで、限界が来てベッドに倒れ込んだ。そしていつの間にか眠りに落ちていた。


朝は客室のドアをノックされたことで目が覚めた。

まさか寝坊した……！　と飛び起きて時計を見てみると、ちょうど六時だったのでホッと息を吐き出す。

「おはようございます。起床のお時間ですので声を掛けに参りました」

「起こしてくださって、ありがとうございます」

ベッドから出て扉を開けると、そこにいたのは昨日の従者と同じ人だ。

「さっそく準備を始めさせていただいてもよろしいでしょうか。朝食は三十分後にこちらへ運ばれますので、それまでにお髪を整えさせていただきたいです」

「分かりました。よろしくお願いします」

それからむず痒さを感じながらも身支度を整えてもらい、食後に少し休んで服を着替えたら準備完了だ。

　謁見前の控室に移動して、後は陛下が到着するのを待つだけになった。隣にはレベッカが緊張の面持ちで体を硬くして座っている。

「リュカ、あと何分ぐらい？」

「予定では三十分だ。ただ陛下の都合で早くなることもあるらしいから……」

「うぅ、凄く緊張してきた。わたしたちって褒められるのよね？　怒られない？」

「褒められる、はず」

　俺たちは国を救う活躍をして、一級と三級冒険者として認められて、新星の黒剣(オニキスノバ)なんていうカッコいいパーティー名も付けてもらえて、今回は国王様からお礼の言葉と褒美をもらえるんだ。だから緊張する必要はなく、むしろ楽しみにしていていいんだろうが……それが難しい。村出身の庶民な俺にとっては王宮にいるだけで落ち着かない。

　昨日はセレミース様から話を聞いて緊張が解けたんだが、どんな人でも陛下は陛下だと思ったら緊張が再燃している。

「お待たせいたしました。陛下がいらっしゃいましたので、謁見室に向かっていただきます」

　控室に役人の男性が呼びにきてくれて、緊張が最高潮に高まった。

「わ、分かりました」

　控室から謁見室はすぐ近くで、気持ちを整える時間もなく入り口の大扉の前に着く。

　昨日教えてもらったことを辛うじて思い出してその場に跪くと、謁見室前にいた騎士たちがゆっくりと扉を開いた。

「こちらまで参れ」

扉が開く音が止まったところで威圧感のある声が聞こえてきて、俺とレベッカは同時に立ち上がる。さっきの声が宰相様だろう……怖そうな声だったな。

そんなことを考えながら逃げたい気持ちを押し殺して一歩を踏み出し、謁見室の中を先へと進む。緊張しすぎて体がふらつきそうになるが、そこはなんとか気力で耐えた。

永遠にも思えた時間が過ぎて事前に聞いていた場所でまた跪くと、さっきとは別の声が聞こえてきた。こっちが陛下だ。

「面を上げろ」

不快にならないようにゆっくりと、そして陛下の瞳を見ないように気を付けて顔を上げると、陛下の姿を視界に捉えることができた。

陛下は細身な壮年の男性だ。金髪は綺麗に整えられていて若々しく見える。見た目はかっこいいな……。

「陛下、右がリュカ、左がレベッカにございます。一級冒険者として認定したのはリュカです」

「そうか。リュカ、レベッカ、我が国を守ってくれてありがとう。国を代表して感謝を伝えたい」

「お言葉、光栄でございます」

昨日教えてもらった言葉を返すと、少しだけ無言の時間が過ぎてから陛下が身を乗り出した。

「それにしても、随分と若い二人なんだな。貴様らがいなければ私の命が危なかったかもしれない。私の命を救ったことを皆に自慢すると良いぞ！　後世にまで讃えられる名誉だ」

さっきまでとは全く雰囲気が変わり、陛下はドヤ顔でそう発した。

こっちが素みたいだな……確かにセレミース様の言う通り、あんまり尊敬できる感じじゃないかもしれない。

「ゴホンッ。陛下、さっそく褒美を与えましょう」

隣にいる宰相様がわざとらしく咳払いをした。今のは予定になかった発言なのだろう。

「そうだったな。忘れていた。貴殿らに褒美を授けようと思う。ありがたく受け取ると良い」

「大変嬉しく存じます」

陛下の言葉に俺とレベッカが感謝を伝えると、陛下は満足そうに笑みを浮かべて椅子の背もたれに身を預けた。

「褒美の内容は私が伝えよう」

次に声を発したのは宰相様だ。別の役人らしき人から目録のようなものを手渡され、それを読み上げてくれる。

褒美は事前に聞かされてなかったが、武器や防具が中心にもらえるみたいだ。名匠が打った剣や、魔物素材を使った軽くて丈夫な防具など、どれも買おうと思ったら一般人が一年は暮らしていけるだけの値段がするだろう代物だ。

「最後に白金貨二百枚も褒美として授けよう」

……え⁉　白金貨二百枚⁉

凄いな、そんなにもらえるのか。

いや、今まで読み上げられていた褒美を全て合わせればそれに近い値段にはなるのかもしれないが、実際に現金としてもらえると聞くと衝撃だ。

白金貨二百枚なんて、慎ましい暮らしなら十年は暮らせるだろう。いや、一人だけならもっといけるかもしれない。

「褒美は以上だ。異論はあるか？」

「い、いえ……異論なんてもちろんございません。ありがたく存じます」

「これらの褒美を用いて、これからも活躍することを期待する」

「かしこまりました」

しっかりと頷いて頭を下げると、陛下の「良き良き」という満足そうな声が聞こえ、また顔を上げるように言われた。

「では貴殿らにさっそく指名依頼を頼みたい。私の娘であるアンリエットが帝国に輿入れをするのだが、その時の護衛だ。アンリエット直々の頼みだが受けてくれるか？」

「ゴホンッ。陛下、護衛ではなく騎士の手助けでございます」

昨日も聞いた通りその文言の違いが大切なのか、隣の宰相様が陛下の言葉を訂正した。

「おお、そうだったな。輿入れの際に、騎士たちの手助けをして欲しいのだ。まあ護衛とやることはそう変わらないだろう。受けてくれるか？」

「王女殿下のお役に立てるならば是非」

事前に決めてあった言葉を発すると、陛下が笑みを浮かべて宰相様に合図をした。

すると陛下の後ろにある王族専用の出入り口が開き、豪奢なドレスに身を包んだ王女殿下が姿を現す。

俺たちは何気なくそちらに視線を向けて――王女殿下の顔に既視感を覚え、無意識のうちに眉間に皺が寄った。

誰かに似てるというか、王女殿下に会ったことがある気がする。でもそんなことはあり得ないはずだ。俺に王族との関わりがあるはず……。

「――アンだ」

隣から聞こえてきた小さな声に、一瞬にして目の前の人物とどこで会ったのかを思い出した。前に一日だけ街を案内した、商会で働いてると言ってたアンだ。

動揺が表情に現れそうになり、唇を噛んで必死に抑えた。

本当に王女殿下とアンが同一人物だったとして、あの時に会ったことは絶対に言わない方がいいだろう。正体を隠していたし、王族が一人で街の外にいるなんて通常ではあり得ないはずだ。

「アンリエット・アルバネルですわ。依頼を受けてくださってありがとう」

王女殿下が優雅に陛下の隣まで足を進めて、綺麗な笑みを浮かべながら挨拶をしてくれた。

その声は――アンと一緒だ。

やっぱり他人の空似なんかじゃなくて、アンが王女殿下だってことだろうか。でもなんであんなところに一人でいたんだろう……ダメだ、頭が混乱して思考がまとまらない。

「国を救った英雄だと聞いていたので怖い容姿を想像していましたが、優しそうなお二方で良かったです。歳も近くに見えますし、よろしくお願いします」

「お、お初にお目にかかります。王女殿下にそのように仰っていただけるなど光栄です」

とにかく何か言葉を返さなければいけないと思い、働かない頭で初対面という体の挨拶だけは

こなした。

　すると王女殿下は……にっこりと笑みを深めてくれたので、これで合っていたみたいだ。

「お前たち、アンリエットの輿入れはこの国の重要事項だ。頼んだぞ」

「かしこまりました」

　それからは陛下によってこの指名依頼の重要性——王女殿下の安全という面じゃなくて帝国との関係性について色々と説明をされ、謁見は終わった。

　陛下と王女殿下が謁見室を後にすると、一気に室内の空気が緩んだものに変わる。

「リュカさんとレベッカさん、退出をお願いします」

　役人の声に促されて立ち上がった俺たちは、長く息を吐き出して体に入っていた力を抜く。変なところに力が入ったので、明日には全身が痛くなりそうだ。

　謁見室の大扉を通って廊下に出たら、本当に謁見は終わったという実感が湧いた。

「終わったわね……」

　隣からレベッカのほっとしたような声が聞こえ、俺は力ない笑みを返した。

　王女殿下がアンだという衝撃的な事実を知ったにしては、動揺を最小限に抑えて謁見を終わらせられただろう。

　不敬だと言われたり嫌な視線を向けられたり、そういうことがなかったのだから大成功だ。

「はい。俺は大丈夫です」

「この後は指名依頼の打ち合わせですが、このままご案内してもよろしいでしょうか？」

「わたしもです」

その返答を聞いた役人の男性は頷いてから先導し、案内されたのは謁見室からさほど離れていない会議室だった。

会議室という用途だからか、他の部屋よりは内装の豪華さが抑えられていて少し落ち着く空間だ。

「こちらでお待ちください」

役人の男性がお茶を出して部屋を出ていったので、部屋の中には俺とレベッカだけになった。

「……リュカ、王女殿下って帝国に行くのよね？」

そういえば、嫁ぎ先は帝国だって話だった。

アンがアンリエット様だったことの衝撃でそこまで思考が働いてなかったが、あのいい噂がない国にアンが行くのか。

――もしかしたらあの日は、帝国に向かわないといけない運命に抗いたくて、王宮から逃げたのかもしれない。

でも今ここにいるということは、あのまま戻ったのか連れ戻されたのか。

「これから先、幸せだったらいいな」

部屋に二人きりとは言え王宮内で下手なことは言えずにそんな遠回しな言い方をすると、レベッカは瞳を潤ませながら頷いた。

それからは当たり障りのない会話をしつつ十分ほど待っていると、部屋に入って来たのは一人の男性だ。騎士服姿で歳は三十代前半ぐらいに見える。

「初めまして、私は此度の王女殿下輿入れに伴う護衛隊の隊長を任されております、近衛騎士のユベール・ランシアンと申します」

「ご丁寧にありがとうございます。私は冒険者のリュカです」

「わたしはレベッカです」

ランシアン様の穏やかな雰囲気に、そこまで緊張することなく挨拶をすることができた。

騎士たちと一緒に仕事をするなんてどうなることかと心配していたが、この人が隊長なら大丈夫そうだ。

「ではさっそく今回の護衛について、詳細を伝えさせていただきます。王女殿下が過ごされる道中は全部で約二週間。そのうちの一週間が王国側となります。帝国に入ってからのことは我々には分かりかねますので、今日は国境までの道中について話し合いをさせていただきます」

全部で二週間もかかるのか。かなり長い道中になるな……。

「分かりました。帝国には王国の騎士が一人も付いていけないのですか？」

「……今回の輿入れは王女殿下のみ入国を許されるという契約になっております。普通は護衛騎士やメイドなど、身の回りの者は連れていけるのですが……」

陛下が相手の要求を鵜呑みにしたってことか……王女殿下が、アンが凄く心配だ。文字通り単身で帝国に行くなんて、悲惨な未来しか見えない。

「お二人は帝国内にも入ることができますので、少しでも長く王女殿下を支えていただけたらと思います。よろしくお願いいたします」

そう言って顔を俯かせたランシアン様は、かなり暗い表情だ。

帝国について俺よりも詳しいだろうランシアン様がこんな表情になるなんて、どれほどに酷い国なんだろうか。

「……帝国に入ってから、気をつけなければいけないことはありますか？　私は噂程度しか状況を知りませんので、教えていただけたらありがたいのですが」

「かしこまりました。私もそこまで詳しいわけではないのですが……上手く渡り歩くコツは強さを見せつけることだと言われております。弱き者は強き者に逆らえない国ですので。それも強さとは頭の良さや身分などではなく、純粋な力の強さ、戦いの強さです」

「それは、例えば街の中などでも決闘のようなことが行われているということですか？」

「行われていると思います。しかしそれは良い方で、決闘という一定のルールのない争いも頻発しているはずです。帝国の法……と言っても良いのか分かりませんが、その大前提は強き者が正義ですので。例えばこれは極端ですが、道端を歩いていて突然殴られ物を盗られたとして、悪いのは自分の荷物を守りきれなかった方になります」

なんかもう、別世界だな。よくそれで国が存続している。

「帝国はずっとそんな感じなのでしょうか？」

「いえ、数年ほど前に皇帝が替わり、それから過激な国に変わったんだとか」

「そうなのですね……」

王女殿下は強き者には入らないだろう。そうなると……どうなるんだろうか。さすがに国同士の関係があるから酷いことはされないのかもしれないが、常識は通じなさそうだから分からない。

陛下はその辺のことを考えて輿入れを決め……てないんだろうな。

向こうから甘い蜜を見せられて、それに飛びついて交換条件を吟味もせずに受け入れてそうな予感がひしひしとする。

「王女殿下のお相手は優しい方なのでしょうか？」

「……ゆ、勇猛な方だと、聞いております」

勇猛な方って……要するに、力に訴えかける人ってことだな。

俺の隣に座っているレベッカが、拳に力を入れたのが分かった。全く明るい未来が見えない王女殿下を、アンを救いたいのだろう。たった一日だけでも友達になったのだから。

でも、国のトップである陛下の決定を覆せる力は俺たちにはない。

そこで話は途切れて会議室には沈黙が流れ、しばらくは誰も言葉を発さなかった。

「国境までの道中について、話をしましょうか」

沈黙を破ったのはランシアン様だ。ここで俺たちが頭を悩ませて心を痛めたところで、王女殿下の現状が良くなるわけではないので、気持ちを切り替えて頷いた。

「よろしくお願いします」

「ではまず道中の滞在先ですが、基本的には大きな街に泊まる予定となっております。王女殿下と数名の騎士は、その街を治める領主の屋敷や代官邸に泊まり、他の者は宿を取る予定です。リユカさんとレベッカさんの宿も一緒に取りますので、ご安心ください」

「分かりました」

「一日だけ街に泊まれない日があり、小さな村に滞在予定ですので、その日だけ村の広場で野営になるかと思います。野営の準備をお願いいたします」

野営道具か……全部買わないとだな。さすがにレベッカと二人で、神域に行くわけにはいかないだろう。

「次に魔物が多く生息している地域に関してですが……」

それからも隊列についてや俺たちの役割、どの馬車に乗るのかなど色々と話を聞き、打ち合わせは終わりとなった。

「出発日の前日には王宮入りしていただきたく、こちらの紙を見せて門から中にお入りください。日付指定の通行書となっております」

「ありがとうございます。前日の早い時間には向かった方がいいですか？」

「いえ、その日は最終確認をするぐらいですので、午後で構いません。昼食を食べてからお越しください」

「分かりました」

ランシアン様に依頼中はお願いしますと挨拶をして、重い気持ちのまま王宮を後にした。

歩きたい気分だったので送ってくれるという馬車は断り、二人で貴族街の綺麗な石畳の上を歩く。

「依頼内容、気が乗らないな」

ポツリとそう呟くと、レベッカからすぐに肯定の言葉が返ってきた。

「本当に嫌な依頼ね……どうにかして、白紙にならないのかしら」

「それは難しいだろうな」

数週間後に輿入れってことは、もっと前から決まってるんだろうし、すでに陛下でも白紙に戻せないのだろう。ランシアン様のあの感じからして、白紙に戻せるのなら陛下の周りの人がすでにやってる気がする。

「アンは、受け入れてると思う？」

「どうなんだろう……というか、アンだったな」

「ええ、どこかのお嬢様だと思っていたけど、まさかお姫様だったなんて」

本当に衝撃だった。あの時は王宮を抜け出してきたんだろうし、また同じことができないのだろうか。

「前に会ったのって偶然……よね」

「あれは偶然だと思う。ただ今回のはアンが願ったって言ってたから、俺たちの名前を聞いて気づいて、護衛を頼んでくれたんじゃないか？」

「もう一回、会いたいと思ってくれたのなら、嬉しいけど……」

レベッカは暗い表情のまま。ポツリとそう呟いた。

「何か俺たちにできることがあったらいいんだけどな……」

そこで会話は途切れ、俺たちの間には重い沈黙が流れる。

「帝国に入ってからはアンの味方もいなくなるだろうし、俺たちが少しでも守ろう」

それぐらいしかできることが思いつかなくて拳を握りしめると、隣のレベッカも悔しそうに唇を噛み締めたのが横目に見えた。

それから俺たちは重い足をなんとか動かし、外を歩いても全く晴れない気持ちのままいつもの日常に戻った。

第九話✦キマイラ討伐

王宮から戻って数日は依頼を受ける気分にもなれず、アイテム専門店に向かったり服飾店で服を注文したりと、街中でのんびり過ごした。

しかしずっとこうしているわけにもいかないからと、今日からはまた冒険者として精力的に活動する予定だ。

レベッカを迎えに行って二人でギルドに入ると、俺が一級になったことは周知の事実となっているのか、多くの冒険者から声を掛けられた。

「リュカ、おめでとう」

「お前がここまで一気に上り詰めるとは驚いた。一足飛びに越されたな」

にこやかな笑みを浮かべて俺の肩を叩いた二人組の冒険者は、俺が無能だった頃から訓練場で会うとアドバイスをしてくれていた人たちだ。

「ありがとうございます。お二人が色々と教えてくださったからです。本当に感謝しています」

「そうか、そう言ってもらえると嬉しいなぁ」

「今度ご飯でも奢らせてください」

その言葉に二人は嬉しそうに笑みを浮かべて、高い店で頼むなと言ってギルドを出て行った。

ああいう人たちは本当にカッコいい。俺もあの二人みたいに、下から尊敬される冒険者になるのが理想だ。

「リュカ、何級の依頼を受ける？」

「そうだな……二級の依頼があればそれで。なければ難しそうなやつにしよう」

そう答えながらレベッカの隣に並んで掲示板を眺めてみると、二級のところに一枚だけ依頼票が張られているのが見えた。

依頼日は数日前で、ちょうど俺たちが依頼を受けずに休んでいる期間で張られたようだ。

「え……これ、大変だ」

「どうしたの……って、キマイラ？」

依頼主は王都から馬車で二日ほどの場所にある村の村長だ。巨大な山の麓にあるその村では山に狩りに入る村人が多いらしく、そんな村人の一人が山の奥で遠くから姿を目撃したらしい。

「見間違いじゃないのかしら」

「どうなんだろう……でもキマイラって特徴的な見た目だから、見間違える可能性は低い気がする」

キマイラとはタイガーとシープに似た頭を二つ持っていて、尻尾はスネークだと言われている魔物だ。

その存在は広く知られているが実際の目撃情報はほとんどなく、いわゆる伝説級の魔物。確かこの国で実際に目撃されたのは百年以上前だったはず。

ほとんど出会うことはないから強さも明確には分かっていないが、キマイラ一頭で国が滅んだという歴史も残っている。

「本当にいるんだったら大変ね」

「ああ、早めに討伐した方がいい」

巨大な山の麓ってことは、その山の中は基本的に人が入らないだろうし、キマイラが生まれるようなダンジョンが存在していても不思議じゃない。

「護衛依頼までは日数があるし、これを受けるか」

「そうね。村が襲われたら大変だもの」

受付に向かっていつもの女性に依頼票を差し出すと、その内容を見た女性は少しだけ瞳を見開いた。

「こちらを受けていただけるのですね」

「はい。本当だったら大変だと思いまして」

「ギルドとしてもこの依頼の扱いを話し合っているところだったので、受けていただけるととてもありがたいです。こちらは調査依頼ですので、キマイラがいてもいなくても指定範囲を全て調査していただければ達成となります」

「分かりました。もし本当にキマイラがいたら、討伐してしまってもいいですか？」

「それはもちろん構いませんが……無理はしないようにお願いいたします。キマイラとなれば高等級の冒険者をかき集め、数の力で討伐を目指すこともできますので」

「分かりました。無理そうなら一度撤退してきます」

少し心配そうな受付の女性に見送られてギルドを後にした俺たちは、村に向かう準備をするためにギルド近くのお店に向かった。

そのお店とは……貸し馬屋だ。

「レベッカって馬には乗れる？」

「そうね……ギルドの講習で乗ったことはあるけど、それ以来だから上手くはないわ」

「俺も同じぐらいだな」

どうするか……馬車より馬の方が圧倒的に速いだろう。馬車で二日の場所は馬なら一日で着くはずだ。

「馬での移動に挑戦してみるのでいい？　これからも乗る機会はあると思うし」

「もちろんよ。慣れておくのも大切だもの」

レベッカが頷いたところでちょうどお店の前に着き、ドアをノックして中に入った。

「いらっしゃいませ」

出迎えてくれたのは優しそうな男性だ。店内はこぢんまりとしていて、中に入るとすぐにカウンターがある。

「馬車のレンタルですか？」

「いえ、馬を二頭借りたいのですが」

「かしこまりました。乗馬のご経験と目的地をこちらにお書きください」

手渡された紙に必要事項を記入すると、次に料金表を提示された。

「馬は一時間単位のレンタルとなっております。予定の日数を超えた場合には、戻られた時に延長料金をお支払いいただきますのでお気をつけください。それから馬一頭につき保険料として金貨三枚をいただいております。こちらは馬の返却を確認でき次第お返しいたしますので、ご安心ください」

馬のレンタルって意外と高いんだな。今の俺たちなら普通に払える金額だが、低等級の冒険者では厳しいだろう。

「期間は一週間でお願いします。できる限り乗りやすい馬で、尚且つ長距離を走れるとありがたいです」

「かしこまりました」

前払いなので先にお金を支払うと、お店の裏手にある厩舎に案内してもらった。

「たくさんいるのね」

「用途に合わせた馬をご用意してあります。乗馬に適した馬はこちらです」

男性が示したのは栗毛の綺麗な馬と、真っ黒な毛並みが特徴的なかっこいい馬だ。二頭とも大きめだが大人しいのか、俺たちが近づいても暴れるような仕草は見せない。

「首筋に優しく触れて軽く叩くようにしてあげてください」

「分かりました」

俺が黒い方、レベッカが栗毛の方に近づくと、どちらも抵抗せず気持ちよさそうに撫でられてくれた。かなり人に慣れてるんだな……ギルドの講習で乗った馬より楽に乗れるかもしれない。

「お二人とも大丈夫そうですね。ではこちらの馬にいたしましょう。レンタル期間中の世話の仕方についてや注意事項など、お店に戻ってご説明させていただきます」

それから説明を受けている間に馬の準備が済んだようで、俺たちは二頭と一緒に店を出ることができた。

「このまま街を出るのでいい？」

「ええ、他の準備は必要ないもの」

周りに人がたくさんいるので神域という言葉は避けて二人で意思疎通をして、馬に乗って街を出た。

借りた馬は……控えめに言っても凄く乗りやすい。これはこいつらが優秀っていうのもあると思うが、俺の身体能力が上がったからっていうのも大きいのだろう。

「レベッカ、問題なく乗れそう？」

「大丈夫みたい！　一度覚えたことって意外と忘れないのね」

「あの講習、受けておいて良かったな」

まだ呪いの影響で身体能力が底辺だった頃に受けたから、かなり大変だったことを今でも覚えている。普通の人が二、三日で乗れるようになるのを、俺は二週間かけて何とか乗れるようになったのだ。あの時、俺には無理だって諦めなくて良かった。

「本当ね。この速度で行けば日が沈む前には着くかしら」

「そうだな。何とか行けるかもしれない。無理はさせすぎない程度に今日中の到着を目指そう」

それからはたまに休憩を挟みつつ軽快に先へと進み、予定通り日が沈むギリギリに村へと到着することができた。

村の周囲は柵などで覆われているということはなく、誰でも自由に出入りできるみたいだ。村の大部分を占めるのは畑で、その合間に家が建っているのが確認できる。

「時間的に誰も外にいないな」

「農家の人たちは朝が早起きだから夜も早いのよね。今は夜ご飯の時間かしら」

「確かにいい匂いがする」

「村長の家、どれだか全く分からないわね」

通りで馬の足を止めて村を見回すが、同じような家ばかりで違いはなさそうだ。

「その辺の家の人に聞いてみるか」

「そうね。わたしが行ってくるわ」

レベッカは軽い身のこなしで馬から降りると、近くの家のドアをノックした。

出てきたのは……まだ五歳ぐらいに見える女の子だ。

「お姉ちゃんだあれ？」

「わたしは冒険者よ。お母さんやお父さんはいる？　村長さんの家を教えて欲しいの」

「いるよ！　ちょっと待っててね！」

女の子は頬を赤く染めて得意げに頷くと、家の中に駆け足で戻っていった。そして少し待っていると、一人の男性の手を引っ張って玄関からまた顔を出す。

「お姉ちゃん！　連れてきたよ！」

「ありがとね。こんばんは、突然すみません」

「おおっ、知らない人がいるって本当だったのか。冒険者か？」

「はい。依頼を受けてきました。村長さんの家を教えてもらいたいのですが」

レベッカのその言葉を聞いて、男性は驚いたように瞳を見開く。驚くってことは依頼の内容を知ってるってことだろうか。キマイラのことは村中に浸透してるのかな。

「すぐに案内するから、ちょっと待っててくれ」

男性は真剣な表情になり女の子を家の中に戻すと、明かりを持って外に戻ってきた。

「村長の家はこっちだ。目印がないから俺も一緒に行くよ」

「ありがとうございます。よろしくお願いします」

「気にするな。……それで、依頼の内容ってキマイラの調査か？」

俺も馬から降りて皆で暗くなった夜道を歩いていると、少しの沈黙の後に男性が真剣な声音で尋ねてきた。

「そうですが、村の人たちは皆さん知ってるんですか？」

「いや、実は俺がキマイラを目撃した本人なんだよ」

「え……それは、凄い偶然ですね」

「俺もさっき驚いたんだ」

男性は苦笑を浮かべつつ俺たちに視線を向けた。

見た目だと強そうには見えないが、キマイラと出会ってよく無事だったな。かなりの幸運だったのだろう。

「キマイラはどの程度はっきりと見えたのでしょうか？」

「そうだな……ていうか、俺に敬語なんかいらねぇよ？」

「そうですか？　じゃあ、ラフに話させてもらうよ」

「おうっ。それでどの程度見えたかだったな。少なくともキマイラだということを見間違えない程度には近くだ。最初はタイガーの頭だけが見えて倒そうかと思ったんだが、少し近づくとシープの頭も見えて、さらには尻尾がスネークみたいに動いてて、ヤバい魔物だと思って一目散に逃げ出したんだ。それで何とか村に逃げ帰ってから皆に話したら、それはキマイラじゃないかって話になって」

キマイラの特徴と完全に一致するな。さすがにタイガーとシープとスネークが同じ場所にいて見間違えるって可能性は……低いだろう。

「キマイラだったら、この村はヤバいよな。俺があいつに村の存在を知らせる結果になってたらどうしようって、毎日心配であんまり寝られなくて……」

男性の弱々しい声を聞いて顔を覗き込んでみると、確かに疲れてそうな表情をしている。

「俺たちが来たからにはもう心配いらないよ」

「でもキマイラだぞ。めちゃくちゃ強いんだよな？」

「国を滅ぼしたなんて歴史が残ってるほどには強いな」

「やっぱりそうじゃないか！　お前たちは……強いのか？　正直あんまり強そうには見えないんだが」

「もう、失礼ね。リュカは一級冒険者よ」

レベッカが腕を組んで少しだけ唇を尖らせながら発したその言葉に、男性はポカンと口を開いたまま立ち止まった。

「そ、それ、本当か⁉」

「嘘なんてつかないわよ」

「ギルドカード見る？」

それが一番早いだろうとカードを取り出すと、すぐに覗き込んだ男性は俺に尊敬の眼差しを向けた。

「マジじゃねぇか！　お前凄いんだな！　いや、お前とか言っちゃダメか。あっ、俺が敬語を使った方がいいか？」

突然慌て出した男性に苦笑しつつ、首を横に振った。

「今まで通りでいいよ。敬われたりするのは慣れないんだ」

「そうか、ありがとな。……それにしても一級なんて初めて会ったな。そういえば、嬢ちゃんは何級なんだ？」

「わたしは三級よ」

「…………」

「ちょっと、黙らないでよね⁉　あんたが聞いてきたんでしょ！」

「あっ、ごめんごめん。いや、三級も十分凄いよな。うん、凄いんだが……一級の衝撃が凄すぎて」

男性のその言葉を聞いたレベッカは、腕を組んで不機嫌そうに顔を背けた。

「まあリュカには勝てないわ。リュカは本当に強いもの」

「いや、レベッカも凄いよ。弓の実力は俺じゃレベッカの足元にも及ばないし。レベッカは森の中でも風が強くても、的が小さくても急所を一発で貫くんだ」

男性にレベッカの凄さも知って欲しいと思いそんな説明をすると、薄暗い中でもレベッカの顔が赤らんだのが分かった。そして男性の表情も驚きに染まる。

「……それ、本当か？　本当に外さねぇのか？」

「ええ、当然じゃない」

「マジか……凄いな！　俺も狩りで弓を使うんだが、十本に一本ぐらいの命中率だぞ？」

「……それはちょっと外しすぎじゃないの？」

レベッカが呆れた声音で告げた言葉に、俺も思わず頷いてしまった。

ほぼ全てを命中させるのは規格外の実力だとしても、五本に一本ぐらいは当たるのが普通だ。

「やっぱり俺って才能ないのかなぁ」

「練習すればもう少し上達するわよ。相手の行動を予測することが大切よ」

そんな話をしながら歩いていると村長の家に着いたようで、男性がドアを叩いて中に声を掛けた。

「村長いるか？　凄い冒険者が来てくれたぞ。一人は一級冒険者だ」

その声掛けの直後に中からドタバタと足音が聞こえ、すぐにドアが開く。

「それは本当か!?」

顔を出したのはがっしりとした体つきの、四十代ぐらいに見える日に焼けた男性だった。

「もちろんだ。この人たちが依頼を受けてくれたって」

「い、一級というのは……」

「最近認定されまして、これが冒険者ギルドカードです。そしてこちらが依頼の受注書です」

その二つをじっと見つめた村長さんは、感動の面持ちでその場に跪いた。

「一級冒険者の方に依頼を受けていただけるなど、我が村は本当に幸運でございます。ありがとうございます」

「いえ、気にしないでください。到着が夜遅い時間ですみません」

「それこそ気になさらないでください。さあさあ、中へどうぞ」

「ありがとうございます」

　ここまで案内してくれた男性にお礼を伝えて家の中に入ると、そこではたくさんの人たちが夜ご飯を食べているところだった。

「皆、キマイラの調査に一級冒険者の方が来てくださった！」

「え、一級⁉」

　村長の言葉に皆が瞳を見開いて驚きを露わにし、少しだけ固まってから素早く動き始める。

「まだ食事は残ってるかい？」

「もう食べちまったよ」

「あんたが食べすぎなのよ！　お母さん、材料は残ってるから作りましょう」

「そうだね」

　俺とレベッカが口を挟む暇もなく、机の上が片付けられて皆が移動していく。

「あの……そんなにおもてなししていただかなくても」

「いえいえ、大したものはございませんが、依頼についての話をしながらでも食べてください」

「はい。その……ありがとうございます」

　あんまり断るのも申し訳ないと思い頷くと、村長さんは嬉しそうに微笑んで俺とレベッカに椅子を勧めてくれた。

　それから皆が自己紹介をしてくれて、この場にいる人たちの関係性が分かった。

村長と奥さん、その息子さんが三人。長男は結婚していてそのお嫁さん。そしてまだ三歳と一歳の子供が二人だ。

全員の名前を聞いたが……さすがに覚えきれなかった。とりあえず村長がレノーさんということだけは覚えておこう。

「リュカさんはその歳で一級なんて凄いですね。レベッカさんも三級とは驚きました」

「わたしはリュカの強さの足元にも及びませんが、補助ぐらいはできると思います。リュカは本当に強いので安心してください」

「いやはや、とても心強いですよ。不安が嘘みたいに吹き飛びました」

「それならば良かったです。明日からさっそく調査をしようと思います。キマイラが目撃された場所はどの辺りなのでしょうか？」

「そうですね……」

レノーさんは近くの棚に置かれていた手書きの地図を広げると、山のかなり深いところを指差した。

「聞き取りをした限りだとこの辺りです。ここを中心として、山の中全体を見回っていただけたらと思います」

「分かりました。村の近くにいなければ、目撃地点より奥にも行ってみようと思います」

「ありがとうございます。本当に助かります」

それからも山によく出現する魔物についてや山にある獣道、それから山の中で採れる果物についてなど色々と話をしていると、レノーさんの奥さんと長男のお嫁さんが食事を運んできてくれた。

　湯気が立っている熱々の料理はその見た目と香りで空腹を刺激する。

「村で採れた野菜を使った炒め物とスープです。お口に合えば良いのですが」

「ありがとうございます。とても美味しそうです」

　お礼を伝えてから口に運ぶと、優しくてほっと体の力が抜ける味だ。何だか懐かしいな……俺の故郷でもこういう料理をよく食べたっけ。

「美味しいですね」

　レベッカのその言葉に、奥さんは安心したのか頬を緩めた。

「疲れが癒える味です」

「ありがとうございます。おかわりもありますので仰ってください」

　それからは美味しい食事を堪能しながら村の特産品などについて話を聞き、明日は朝早くから活動を開始するということで、今日は貸してもらえた部屋で早めに眠りについた。


　次の日の朝。俺たちはさっそく二人で山の入り口に来ている。

「さて、行くか」

「ええ。キマイラは……いるのよね」

「そうみたい」

　依頼を受けた時からセレミース様にキマイラの捜索を頼んでいたが、今日の朝に見つけたと連絡が来たのだ。

本当にキマイラが存在してるなんて……。

「倒すのでいい？」

「いいわよ。でもヤバそうだったら無理せずに撤退ね」

レベッカが真剣な表情で告げた言葉にしっかりと頷き、山の中に足を踏み入れた。

『セレミース様、まっすぐ登ればいいですか？』

『ええ、しばらくはとにかく上に登れば大丈夫よ。方向を変えた方が良い時には連絡するわ』

『ありがとうございます。よろしくお願いします』

魔法で邪魔な木々は薙ぎ払いながら文字通りにまっすぐ進むことで、かなりのハイペースで山の上に向かうことができる。このペースなら数時間ほどでキマイラに近づけるかもしれないな。

「キマイラってタイガーが噛み付いてきて、シープが風魔法、そしてスネークが火魔法を使うのよね」

「言い伝えられてる能力だとそうらしいな。でも違う力も秘めてるかもしれないし、そこは気をつけよう」

「確かにそうね」

それからしばらく山の中を移動したが、たまに襲ってくる魔物はキマイラどころか、四級程度の冒険者でも安全に討伐できる魔物ばかりだ。

この山にキマイラがいるってことが不思議だな。この様子だとダンジョンがあるんじゃなくて、キマイラだけがどこかから流れ着いたのか……。

『リュカ、少し進路を左に変えて』

『分かりました』

セレミース様によると、そろそろキマイラが視界に入るところまで近づいているそうだ。

『リュカ、最大限に警戒しながら近づいた方が良いわ。ここまで近づいてもキマイラが動かないのが気になるの』

『動かないというのは、怪我をしてるということでしょうか？』

『キマイラが怪我をしている可能性は低いと思うけれど……』

確かにそうか。この山の中なら確実に食物連鎖の頂点だろうから、傷つけられることなんてないはずだ。

『慎重に近づいてみます』

「レベッカ、姿が見えたら先制攻撃をしよう。急所を狙って」

「分かったわ。とりあえず頭を狙ってみるわね」

小声でキマイラとの戦闘について最終確認をして、足音を殺しながら歩みを進めると……木々の隙間に巨大な獣がいるのが確認できた。

予想以上に大きい。寝ている状態で俺たちの背丈ほどの大きさがありそうだ。

気づかれないうちにと俺が魔法を、レベッカが矢を放つと……キマイラがその巨体からは想像できないスピードで立ち上がり、風魔法で攻撃をかき消した。

「グルゥゥゥ！」

「……っ」

相当な威力の風魔法は攻撃を掻き消しただけでは消えることはなく、そのままかなりの威力で俺たちを襲う。

咄嗟に近くにあった大木の陰に隠れたが、それでも立っているのがやっとだった。

「レベッカ！　大丈夫⁉」

「ええ！　私は木に隠れながら援護するわ！」

「了解！」

相手の攻撃が収まったところで剣を抜き大木の陰から躍り出て、キマイラに向かって一直線に突っ込んだ。

「サンダーレイン！」

広範囲の雷魔法で確実に相手の動きを麻痺させてから、タイガーの首めがけて剣を振り下ろす。

しかし俺の剣がキマイラを捉えるより先に、風魔法と火魔法を組み合わせた火炎の竜巻が俺を襲った。

「ウォーター……っ」

咄嗟に水魔法で打ち消そうとしたが、相手の魔法の方が威力が強く、全身が炎で焼かれる寸前に神域へと逃げ込んだ。

「うっ」

変な体勢で神域に入ったことで着地に失敗して、東屋の中を転がることになる。

「リュカ、まずはシープかスネークから倒しなさい」

「分かりました」

すぐに立ち上がって体勢を立て直し、水鏡を覗き込むセレミース様からの合図を待った。

「炎が消えたわ。今よ」

　その合図の瞬間、下界に降り立つと……場所はちょうどキマイラの真後ろだった。さすがセレミース様、最高のタイミングだ。

「はっ‼」

　目の前にあったスネークの尻尾に剣を振り下ろすと、寸前で気づかれて避けられそうになったが、スネークにはかなり深い傷がつく。

「ガウゥッッ！」

「うわっ、ちょっ……っ」

　キマイラは攻撃された怒りからか、魔法を無差別に連発してその場で暴れ回り始めた。

　ただどこか様子がおかしい。攻撃されたことに対する怒りというよりも……もがいているというか、苦しんでる？

　俺の攻撃はキマイラがここまで苦しむほど深くはなかったはずだ。

「リュカ！」

「レベッカ！　大丈夫？」

「わたしは大丈夫！　それよりもキマイラなんだけど、様子がおかしい気がするわ。目は血走ってるし口からは涎がずっと垂れてて、どこか正常じゃないのよ。気を付けて！」

　レベッカにそう言われて改めて暴れているキマイラを観察すると、確かにレベッカの言う通りだ。セレミース様もおかしいと言っていたし、何かあるのだろうか。

　でも怪我をしてる様子はないし……病気とかだったら、もっと弱々しくなるはずだ。

　このキマイラはどちらかというと、理性を失って攻撃の精彩を欠いている代わりに、力だけは増してる感じを受ける。

「できる限り直接触らないようにする」

「そうね。私も遠くから倒せるように頑張るわ」

　暴れ回っているキマイラが動きを止めた瞬間、レベッカが矢を放つと前足に直撃した。

　それによってガクッと体を傾かせたキマイラに対して、俺は火魔法を放ちながら地面を蹴る。

「インフェルノ！」

　火魔法で最強の魔法だ。灼熱の業火が凄い勢いでキマイラを襲い、避けられずモロに喰らったキマイラは全身を焼かれて動きを止めた。その隙を見逃さず、急所を狙って剣を振るう。

「よしっ！」

　剣はタイガーの首を切り裂き、さらにシープの頭も傷つけた。

「ロックアロー」

　剣によって付いた傷口に追い打ちをかけるように、魔法で追撃をする。火魔法や氷魔法だと傷口を塞ぐことになりかねないので、土魔法を選択した。

「グウォォォォォ‼」

　痛みからか先ほどより動きは鈍いものの、キマイラはまた理性を失って周囲のものを無差別に攻撃し始めた。

　スネークの火魔法にシープの風魔法が合わさると本当に凶悪だ。これは放っておいたら山火事になるかもしれない。

「ウォーター。ウォーターウォール」

植物に燃え広がる火を消し、俺たちに直接飛んでくる攻撃を防いでとキマイラが少し落ち着くのを待っていると、キマイラに向かってきらりと光るものが飛んでいった。

それは吸い込まれるようにタイガーに向かい……瞳に直撃する。

「やったわ！」

「レベッカさすが‼」

この暴れてるキマイラの瞳に矢を当てるなんて、常人にはできない芸当だろう。本当に凄い実力だ。

攻撃を受けたことによって動きをさらに鈍くしたキマイラに、これで仕留めると剣を握る手に力を入れて一気に距離を詰める。

魔法を放ってキマイラを翻弄し、自分に攻撃が向かないようにしながら剣の間合いに入ったところで……シープの首元目掛けて剣を斜め上から振り下ろした。

それによってシープの首は骨まで断ち切られ、ボトッと重いものが地面に落ちる音を響かせて頭が胴体から離れた。

「メテオ！」

シープの頭が落ちてもまだ生き残っている様子のキマイラに、土魔法で最強の魔法であるメテオを放つ。すると巨大な石が上空からキマイラに向かってかなりの速度で落下し……回避できずにそれが直撃したキマイラは、そのまま地に倒れて息絶えた。

「倒した……？」

レベッカのまだ不安そうなその声を聞いて、剣でキマイラを突いてみた。しかし何の反応もない。

「死んでるな」

「……やったわね‼」

レベッカが弓を持ったまま両手を上げて喜びを爆発させたのを見て、俺の頬も緩んだ。剣を軽く拭って鞘に仕舞ったら、体の力も抜ける。

「勝てて良かった」

「キマイラ、かなり強かったわ。でも少し様子がおかしかったけど……」

「結局理由は分からずじまいだな。……あれ、なんだ？」

改めて倒れているキマイラに視線を向けると、横たわるキマイラのお腹部分に何かが突き刺さっているのが見えた。

「何かあるわね。かなり小さいけど……」

近づいて見てみると、木の枝など自然のものではないことが一目で分かる。これは明らかに人間が作ったものだ。綺麗で大きな釘……みたいな感じだろうか。

「抜いてみるか」

素手で触るのは避けて剣を上手く使って引き抜くと、引き抜かれた釘の先端から――黒いモヤが滲み出ていた。

「レベッカ！　下がれ！」

それを見た瞬間に叫んでその場を離れる。

この黒いモヤは忘れたくても忘れられない。俺の記憶にこびりついて離れない……故郷の村を襲った呪いと同じだ。

「リュカ、どうしたの？　これを知ってるの？」

「この道具は知らないが、このモヤは呪いだ」

『セレミース様、これって呪いですよね？　呪いは基本的に魔物しか持ってないんじゃ……』

『そのはずだけれど……これは明らかに人工物ね。もしかしたら、リュカの村を襲った呪いと関係があるのかもしれないわ。リュカの村も魔物の痕跡がなく呪いによって壊滅したのよね？』

『はい』

こんなところで手掛かりが手に入るなんて……突然の事態に少し困惑する。

『これはどうすればいいでしょうか？』

『とりあえず、呪いを解除して神域に保管しておきましょう。私も世界中に似たものがないか調べてみるわ』

『分かりました。ありがとうございます』

呪いは確か光魔法のディスペルで解除できるはずだ。強い呪いほど多くの魔力が必要なはずだから、この呪いの威力が分からない以上、たくさんの魔力を込めるべきだろう。

「ディスペル」

数分かけて慎重に魔力を練ってから魔法を発動させると、無事に呪いの力よりも魔法の威力が上回ったようで、モヤが発生しなくなった。

少し緊張しつつ拾い上げると、特に何も変化はない。それを確認して体の力を抜いてから、レベッカとキマイラと共に神域へ向かった。

「セレミース様、これです」

手のひらに載せた釘を差し出すと、セレミース様は躊躇いなく釘を受け取る。

「……かなり精巧な作りね。一見簡素だけれど、難しい技術がたくさん使われているわ」

「キマイラがおかしかったのって、この呪いのせいですか？」

レベッカのその質問に、セレミース様はすぐに頷いた。

「ほぼ確実にそうでしょうね。問題はこんなものを誰が作って、何の目的でキマイラに刺したのかだけど……これを見ただけでは分からないわ」

「この件は保留とするしかないでしょうか」

「ええ、残念だけれど。これは私が預かっても良いかしら？」

「はい。……あっ、でもギルドに報告したいので、それまでは俺が持っていてもいいですか？」

もし報告をしてギルドに預けて欲しいと言われても、俺が所有者になるから拒否することはできるだろう。

「分かったわ。では何か布などに包んでおきなさい」

「分かりました。ありがとうございます」

釘を何重にも布に包んで鞄に入れたら、呪いの道具についての話は終わりとなった。

「じゃあキマイラを倒せたし、村に戻るか」

「そうね。キマイラはどうするの？　引きずっていく？」

「そうだな……神域のことがバレないようにするには人力で運ぶしかないけど、さすがに持ち上げるのは無理だ」

「全体を凍らせれば良いんじゃないかしら」

確かにそれなら引きずるのも楽だし、キマイラがダメにならないか。

「それがいい……」

セレミース様の提案に頷きそうになり、しかし寸前で問題点に気づいた。

「俺は火と水と光を公に使える魔法にしていたんでした」

「あら、そうなの？」

「そういえば、そんな話をしてたわね。でもリュカは一級冒険者になったし、もう一つぐらい増えてもいいんじゃない？　それに今のところどの魔法も、他の人に見られたことはなかった気がするけど」

確かに、他の冒険者の前で魔法を使ったことはなかったな。それならあんまり気にしなくていいか。

「その通りかも。じゃあ凍らせて村まで運びます」

村に着いたら大きな台車や荷車があれば借りて、それに載せて街まで運ぼう。

「頑張りなさい」

笑顔のセレミース様に見送られて、俺たちは下界に戻った。

氷魔法で全身を凍らせたキマイラに丈夫な縄を巻き付けて、二人で力を合わせて運びながら山を下りること数時間。

下山なのに登る時の何倍もの時間が掛かってやっと山の麓に出ると……そこには心配して来てくれたのか、村長のレノーさんと数人の村人がいた。

「リュ、リュカさんとレベッカさん！　それは……⁉」

「キマイラです。倒せましたので、氷漬けにして運んできました。あの、もしこれが載るサイズの荷車や台車があれば借りたいのですが……」

レノーさんは瞳をこれでもかと見開いてキマイラを凝視し、しばらく固まってからやっと慌てた様子で動き出した。

「なっ、キ、キマイラを……あっ、荷車、あの……本当に……」

慌てすぎて何を言っているのか全く分からない言葉を発すると、レノーさんはピタッと口を閉じて近くにいた村人に指示を出した。

「に、荷車を持って来てくれ！　二つをくっつけてデカくするんだ！」

「わ、分かった」

「すぐ行ってくる！」

村人が駆けていくと、この場に残ったのはレノーさんと俺たちだけだ。

「ほ、本当にキマイラがいたとは……」

「村に何も被害が起きなくて良かったです。目撃した男性に感謝ですね」

「皆で感謝しなければなりませんね……そしてもちろん、リュカさんとレベッカさんにも。本当に、本当にありがとうございます」

レノーさんは深く頭を下げて感謝を伝えてくれた。

「俺たちは依頼を受けたので当然ですよ」

それからしばらく待っていると村人たちが戻って来て、傍には大きな荷車が引かれていた。

「村長！　四つを木の板と釘で合体させたぞ」

「二つじゃまだデカさが足りなかったんだ」

「分かった。お前たちありがとな。ではリュカさん、レベッカさん、こちらをお使いください」

「ありがとうございます。載せるのを手伝っていただけますか？」

「もちろんです」

氷漬けにされたキマイラはかなり重く、十人以上が集まってやっと荷車に載せることができた。応援に呼んだ村人たちは、氷漬けのキマイラを見て興奮の面持ちだ。

動いてるキマイラは恐怖でしかないが、こうして討伐されていたら興味の対象になるのだろう。

「今夜は泊まって行かれますか？」

「そうですね……もう夕方ですし、泊まってもいいでしょうか？」

「もちろんでございます！」

レノーさんは俺の言葉に嬉しそうに顔を明るくすると、一人の村人に自宅への伝言を頼んでいた。今日の夕食は昨日よりも豪勢になるそうだ。

「そういえば、キマイラって美味いのかな」

魔物は種類によってはかなり美味いものもあるのでポツリと呟くと、隣にいたレベッカがギョッとした視線を向けて来た。

「これを食べるの……？」

「いや、確かに……ちょっと見た目はアレだけど、スネークやシープ単体だと美味いから、ちょっと気にならない？」

「……気になるよりも気持ち悪さの方が勝るわ」

レベッカは腕を擦りながら、俺を半目で見つめて距離を取った。

「ちょっとそんなに嫌がらないで。食べないから、いや、ちょっと味見をするぐらいに……」

その言葉を聞いたレベッカがさらにスススッと離れていったところで、キマイラの味見は諦めることにした。

確かに首が二つあったり、色々と気持ち悪い見た目だもんな……。

そんな話をしながらキマイラを運んでいると、すぐに村長宅に到着した。

キマイラが討伐されたという情報は村中に広まったようで、村長宅の前には人だかりができている。

「うわっ、本当にキマイラじゃねぇか！」

「こんなのが山の中にいたなんて、怖いねぇ～」

「強い冒険者に来てもらえて良かったよ」

「一級なんだってよ。うちらの村はラッキーだね」

「え!?　一級冒険者なのか!?」

「なんだってそんな凄い人がこんな村に……ありがたいことだな」

「村を救ってくれてありがとな！」

村人たちの言葉がたくさん聞こえてくるが、どれも素直な感想や好意的なもので思わず頬が緩む。この村を助けられて良かった。

「皆、これからうちでリュカさんとレベッカさんをもてなす宴を開く。もし美味しい食材や料理があれば持って来て欲しい」

「任せときな！　うちに美味しい煮物があるよ！」

「うちにも野菜があるさ！」

レノーさんの言葉に女性たちが次々と声を上げて、意気揚々と自宅に戻っていく。これは凄い量の料理が出されそうだ。

「ではお二人は中へどうぞ」

「ありがとうございます。失礼します」

この後はとにかく大量の料理と村人たちに囲まれ、賑やかな夜を過ごすことになった。

村という皆が家族のような街にはない感覚を久しぶりに味わい、故郷を思い出して温かい気持ちになった。


一夜明けて早朝。俺たちは多くの村人に見送られて村を後にした。

キマイラが載った台車は、村で飼育している重い荷物を運ぶのに慣れている馬二頭と繋いで、その馬を二人の村人が操ってくれている。

「一緒に来てくれてありがとう」

「このぐらい気にするな！　俺らの命の恩人なんだからな」

「そうだぜ。こいつらもキマイラを運べるなんて喜んでるはずだ」

　男性二人はそう言って爽やかな笑みを浮かべてくれた。

「このペースだと王都までは二日ぐらい？」

「そうだなぁ。そのぐらいはかかるはずだ。大丈夫か？　もし何か予定があるなら、二人は馬で先に帰ってもいいぞ」

「いや、大丈夫だ。予定があるのは数週間後だから」

「そうか。一級冒険者でもそんなに忙しくないんだな」

「まだ認定されたばかりだし、冒険者は基本的に自由だからな」

　キマイラを運ぶ馬たちの速度に合わせて俺たちも馬を操っているので、行きと違ってとても和やかな道中だ。景色を楽しむ余裕もあるし、たまにはこういうのもありだな。

「冒険者って職業もいいよな。俺は子供の頃に憧れてたんだ」

「そういえばお前、木の枝を振り回して冒険者ごっことかやってたよな」

　若い男性の言葉に、少しだけ歳が上に見える男性がそう言って揶揄った。

「それを言うなよ！」

「ははっ、お前かなり弱いもんな。前に村を襲った獣が倒せなくて、嫁さんに倒してもらってただろ」

「見てたのかよ！」

「獣とかって村の人たちで倒すの？　危なくない？」

　二人の会話を聞いてレベッカが首を傾げた。

「自分たちで倒す以外に方法はないからな。ただ村人の中にはかなり強いやつもいるし、冒険者やってたやつが引退して移住してくることもあるんだ。だからそこまで危なくはないぞ」

「そういうこともあるのね」

村の生活で一番の脅威は、やっぱり魔物だ。街の中なら外壁があるし兵士や騎士がいて、冒険者もたくさんいる。安全を求めるなら街での生活一択になるだろう。

でも村暮らしの自然に囲まれた、時間に追われない生活の良さも分かるから難しい。

「おっ、前から馬車が来るな」

「本当ね。ちょっと避けましょう」

それからものんびりと会話をしながら街を目指すこと二日。俺たちは無事に街へと到着した。

しかし外壁の外にはギルドマスターであるエドモンさんがいて、他にも多くの冒険者や兵士が集まり人だかりができている。

道中で多くの冒険者や旅人にキマイラの姿を見られたからな……当然連絡はいってるか。

「本当にキマイラを討伐してくるなんてな……」

氷漬けにされたキマイラを呆然と見上げたエドモンさんは、そう呟くと口を開けたまま固まった。他の人たちも同じような表情だ。

「エドモンさん、キマイラの目撃情報は正しいものでした。発見したので討伐し、氷漬けにしてそのまま運んできたのですが……」

「――ああ、持ち帰ってくれたのはありがたい。国の研究機関にそのまま売れるだろうな」

そういう用途があるのか。確かに珍しい魔物だから、研究したい人はいるだろう。

「これはどこに運べばいいでしょうか？」

「とりあえず……ギルドの倉庫だな。ただすぐに役人が取りにくるだろ。二人は売るので構わないか？」

「はい。レベッカもいい？」

「もちろんよ。持ってても使い道がないし、リュカが食べたいとか言い出すもの」

まだ村での話を根に持ってるらしいレベッカの言葉に、俺は苦笑を浮かべるしかない。

「……これを食べたいのか？」

エドモンさんにも引かれて、これを食べたいと思う方が特殊だということが分かった。

「いや、少し興味があっただけです。売るので構いません」

「分かった」

エドモンさんは頷くと、周囲に集まる人たちに視線を向けた。そして道を開けるように誘導して、俺たちが街中に入れるように配慮してくれる。

「キマイラってあんなにデカいのかよ」

「実物を見れるなんて、めっちゃ運がいいな」

「あれを倒せるとかさすが一級だな」

空いた道を通っていると、そんな会話がそこかしこから聞こえてくる。

「なんか、俺たちまで注目浴びてるみたいで緊張するな」

「俺の人生で今この瞬間が一番注目を浴びてるかもしれん」

ここまで一緒に来てくれた村人二人は、そう言い合って緊張の面持ちだ。

「巻き込んでごめん」

「いや、こんな経験頼んだってできねぇよ。ありがたいぜ」

「そう言ってもらえて良かった。じゃあもう少しよろしく」

街中に入っても注目を浴びることは避けられず、俺たちはギルドまでをいつもの何倍もの時間をかけて歩いた。そしてキマイラを倉庫に置いて、依頼達成報告だ。

とは言っても今回はエドモンさんが済ませてくれて、受付に並ぶ必要もなかった。

「これで依頼は達成だ」

「ありがとうございます」

「お前たちは本当に凄いな。スタンピードを解決したと思ったら一週間後にはキマイラを討伐してるとか、どういうことだよ」

「キマイラがまさか本当にいるとは思わず、見つけた時は驚きました」

結局何で一頭だけあそこにいたのか、それに呪いの釘が刺さっていたのか、その辺の疑問は何も解決していない。

セレミース様に周辺の捜索を頼んだがダンジョンは見つからなかったらしいし、本当に謎だ。

「二人には依頼料の他に国から褒美が出るだろう。楽しみにしておくといい」

「え、またですか!?」

「キマイラから国を救ったとなれば、国が何の反応も見せないってことはないだろう。それに今回は、呪いの釘が刺さってたっていう不穏な事実付きだからな……」

確かにその釘の存在を知ってるか知らないかで、今後の対策も変わってくるだろう。少しでも呪いの被害減少に貢献できてたらいいな。

「ただ前のように謁見ではなく、褒美だけが授与されると思うぞ。それから村も何かしら褒美がもらえるだろう。村人が気づいて村長が依頼を出さなかったら、放置されたキマイラによって国が甚大な被害を被っていた可能性があるからな」

確かにそうか……そう考えると村人の男性もそうだが、村長のレノーさんに感謝だな。曖昧な目撃情報で、安くない依頼料を払うことに決めたのだから。

「褒美を楽しみにしています」

「そうするといい。……そうだ、この前王宮に行った時、指名依頼について詳細は聞いたか？」

「……はい」

依頼内容とアンのことを思い出して思わず微妙な表情を浮かべてしまうと、エドモンさんは苦笑しつつ口を開いた。

「まあ、気乗りするような依頼じゃないよな。あの帝国だからなぁ～。ただ依頼の可否については心配しなくていいぞ。とりあえず、隊列にいるだけで達成になるような内容にしておいた。帝国では何があるか分からないからな」

「あっ、あの護衛じゃなくて騎士の手助けという内容になったのは、エドモンさんのおかげなんですか？」

「ああ、冒険者ギルドはギルドがある国へ向かう依頼なら問題なく受理するが、ギルドがない国への依頼はかなり慎重に扱っている。帝国はギルドがある国だったんだが、国が荒れてギルド職員が全員出国し、現在はギルドの存在しない国となっているんだ。だから本当なら依頼自体を断っても良かったんだが、そこは国からの依頼で断りきれなかった。すまないな」

帝国ってギルド職員が出国するほどに荒れてるのか……？

新たな情報を聞くたびに、帝国の印象が最悪になっていく。本当にアンの今後が心配だ。

「依頼の内容について、尽力ありがとうございます。ギルドが存在しないとなると、依頼の達成報告はできないということでしょうか？」

「ああ、そこも問題なんだ。できればここの冒険者ギルドに戻ってきて報告をして欲しいが、他の国のギルドでも報告は受け付けてもらえるだろう」

「そうなのですね」

「報告の期日に関してもかなり緩くなっている。数ヶ月以内に報告してくれたらありがたい」

「分かりました。では依頼を終えたら、帝国外に出て報告します」

それからも帝国についてや最近のダンジョン情報など、いくつもの重要な話をして、話が途切れたところで執務室を後にした。

皆に注目されながらギルドの外に出ると、ギルドの前にはここまで一緒に来てくれた二人がいる。

「あっ、二人とも来たな。もう話は終わったのか？」

「ああ、依頼の達成報告だけだから」

「待ってたの？」

「挨拶はしようと思ってな。あと宿を紹介して欲しいんだ。王都は全く分からない」

「確かに王都が初めてだといい宿も分からないか。とりあえず……俺が泊まってるところに案内するよ。それとそろそろ夜ご飯になるし、どこかの食堂で夕食も一緒に食べない？」

そんな提案をするとレベッカがすぐに頷いてくれて、二人も嬉しそうな笑みを浮かべた。

「それはありがたい！」

「街の食堂とか気になってたんだ」

「それなら良かった。じゃあまずは宿に行って部屋を借りよう。それから食堂だな」

それからの俺たちは楽しそうな二人を連れて、食堂で夕食を食べてから王都を案内した。二人は村へのお土産も買って満足そうだ。

「そうだ、キマイラを載せてきた荷車ってどうしたんだ？」

「あれならギルドで預かってもらってるぞ」

「あれって、また四つにバラして使えそう？　もしダメなら弁償したい」

「いやいやいや、いいって。釘を抜けばまた使えるから」

二人はそう言ってくれるが……重いものを載せて無理な使い方をしたから傷んだだろうし、お礼もしないっていうのはダメだろう。

「リュカ、何かお礼の品を二人に持ち帰ってもらえばいいんじゃない？　そこまで重くないものを」

レベッカのその提案に、俺はすぐに頷いて大通りを見回した。

軽くて村で使えるものって言ったら……やっぱり調味料かな。

「二人とも。あの店で買ったものをお礼に村まで持ち帰って欲しいんだけど、迷惑？」

「いや、迷惑なんてことはないが……いいのか？」

「もちろん」

「それじゃあ、ありがたくもらうかな」

それから俺たちは店にある調味料を全種類買う勢いでお礼の品を選び、買いすぎた調味料を四人でなんとか宿まで運んで、それぞれの部屋に向かった。

キマイラから村を救えて良かった。ベッドに入ってから改めてそんな気持ちが湧き上がり、達成感に包まれながら眠りについた。

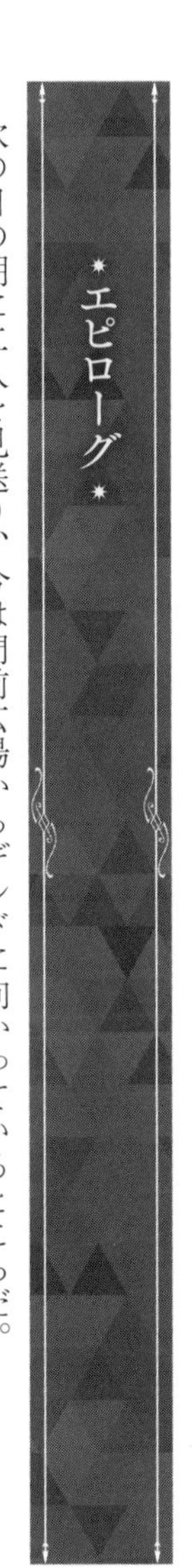

次の日の朝に二人を見送り、今は門前広場からギルドに向かっているところだ。

「今日も依頼を受ける？」

「いや……どうするか。昨日帰ってきたばっかりだし休んでもいいけど、休んでも特にやることがない」

「私も今まで時間がないのが当たり前だったから、急に暇な時間ができても困るのよね。それに今回はゆっくり帰ってきたから疲れてないもの」

「じゃあ、街の周辺で達成できる軽い依頼を受ける？」

「そうね。そのぐらいがちょうどいいかも」

今日の予定が決まった頃にギルドに着いて中に入ると、二人を見送って少し遅い時間だからか、中はそこまで混んでいなかった。

残ってる依頼で面白そうなやつがあるかな。そんなことを考えながら掲示板に向かうと、受付の女性に声をかけられる。

「リュカさん、レベッカさん、少しお時間よろしいでしょうか？」

「はい。なんでしょうか？」

またギルドマスターのエドモンさんが呼んでるのかな……そう思ったが違うみたいだ。

「あちらに座っている女性がお二人を探していて、ギルドにいらしたら知らせますとお伝えしたんです。お知り合いですか？」

受付の女性が示したのはギルド内の食堂に一人でいる女性で、後ろ姿しか見えないが……あれってもしかして、アンじゃないか？

「た、多分知り合いです！　ありがとうございます！」

レベッカが慌ててそう告げて、アンらしき女性の下に駆けていく。レベッカに声をかけられて振り返ったのは……アンその人だった。

「なっ……んで、こんな、ところに」

動揺と正体が分かる言動をしちゃいけないという緊張から、気の利いた言葉が出てこない。

俺たちの驚愕と困惑が入り混じったような表情を見て、アンは僅かに微笑みを浮かべて口を開いた。

「突然ごめんなさい。二人に話があって……どこか場所を移せるかしら？」

「わ、分かった」

「じゃあ……リュカの宿に行くわよ」

レベッカのその言葉にアンが反対しなかったので、皆で足早に宿まで移動した。

俺が椅子に座って、アンとレベッカがベッドに隣同士で腰掛ける。

「まず……アンって、アンリエット様？」

ここは明確にしておきたいと思って緊張しながらその質問をすると、アンは躊躇いを見せずに頷いた。

やっぱり、そうなんだな……未だに信じられない気持ちだ。

「この前は嘘をついてごめんなさい」

「そんなの気にしなくていいわ。言えないのは当たり前よ。それよりもこんなところに一人でいていいの？　というか輿入れって、それも帝国に……あっ、敬語の方がいい？」

　レベッカは見た目よりも慌てているようで、次々と質問を重ねる。

「レベッカ、少し落ち着け」

「そ、そうね」

「大丈夫よ。心配してくれてありがとう。敬語は必要ないからそのままで良いわ。そして……どこから話そうかしら。まず私はこっそりと王宮を抜け出しているから、ここにいることがバレたらお父様に叱られるわね。閉じ込められるかも」

　アンが笑いながら言ったその言葉に、俺たちは全く笑えない。国王を怒らせるなんて怖すぎる。

「何でそんなリスクを冒してまで……」

「二人も知っているでしょう？　私の嫁ぎ先を。それがどうしても嫌で逃げ出したくて、帝国で逃げる作戦を密かに立てているの。そこで外でも一人で生きていけるかを確かめるために、この前は外に出たんだけれど……少し失敗したわ」

　アンは逃げる意思があるのか……！

　それを聞いて嬉しくほっと安堵した。レベッカも同じだったようで、嬉しそうに頬を緩めている。

「絶対に逃げた方がいいわ！」

「俺もそう思う」

「私もそう思うわ。嫁ぎ先の王子、加虐嗜好の持ち主らしくて、いい噂がひとつもないのよ」

国もかなり酷いのに相手がそれなんて……逃げる一択だな。

アンが行動力のある王女様で良かった。

「絶対に逃げよう。そんなところに行っちゃダメよ」

レベッカは瞳から涙をこぼしてアンに抱きついている。アンはそんなレベッカの様子に優しい表情だ。

「ありがとう」

「もうこのまま逃げればいいんじゃない？　わたしたちと一緒に行く？」

「一緒に行っても良いのかしら……。実は、今日は二人にお願いをするために来たのよ。逃げた後、仲間になっても良いかって。本当は一人で逃げるつもりだったけれど、二人の活躍を聞いて護衛を頼めると思ったら、つい欲が出て……」

「もちろんいいわよ！　友達の頼みを断るわけがないでしょ！」

少し強めの口調で発されたその言葉に、アンは嬉しそうな笑みを浮かべた。

「俺らは全く問題ないよ。アンが俺たちでいいなら」

「二人とも……ありがとう。本当にありがとう。嬉しいわ」

アンの今後が心配だったから、本当に良かった。

「じゃあさっそく明日にでも街を出る？　わたしは家族に話をすれば大丈夫よ。いずれ街を出るってことは伝えてあるの」

「それなんだけれど……できれば帝国に入ってからが良いの。今回私の輿入れで帝国から色々と軍事援助をしてもらえるらしくて、逆に私が逃げたら帝国が攻めてくる恐れもあって」

確かにそうか。アンが逃げるってことは、すなわち国と国との間で取り決めた約束を破るということだ。

「だから帝国に入って、向こうの騎士たちに護衛が移ってから魔物に襲われて死んだように見せたいの。それならば向こうの騎士の問題になるから、アルバネル王国に損害はないはず。二人に護衛対象を死なせたという汚名を着せるのだけが、本当に心苦しいのだけれど……」

眉間に皺を寄せてそう呟いたアンに、レベッカがすぐ首を横に振った。

「その心配はいらないわ。ギルドマスターが言うには、今回はギルドが存在していない帝国への依頼だから、依頼の達成に護衛対象の生死は関係ないらしいの。というよりも、今回の依頼は護衛じゃなくて騎士たちの手助け、みたいよ」

「……そうなの？」

アンはその事実を知らなかったのか、驚いたように瞳を見開いた。

「ああ、レベッカの言う通りだ。だから俺たちのことは気にしなくていい」

「それならば良かったわ」

一番の懸念がなくなったからか、アンは安心したような笑みを浮かべて体の力を抜いた。

「考えないといけないのは、アンが逃げ出す方法だけね。それが一番難しいけど……」

魔物に襲われて死んだように見せかけるのって、言うのは簡単だが実行しようと思ったらかなり難しいだろう。

まず魔物を連れてくるのが大変で、さらに死んだように見せかけるというのも難しい。

魔物はセレミース様に居場所を教えてもらって、俺がこっそり森に入って連れてくれば何とかいけるとして……その魔物にアンがやられないといけないのが大変だ。

どうやってアンの死亡を偽装するか頭を悩ませていると、アンが懐から小さな紙を取り出してそれを広げた。

「これ、帝国に入ってからの簡易的な地図なのだけれど」

「……こんなの手に入るんだ」

「いいえ、これは自分で描いたの。いろんな文献からの予想と、今回の輿入れの予定が向こうから送られてきたから、それも参考にしたわ」

凄いな……自作にしてはかなり出来がいい地図だ。確かに細かいところは適当に見えるが、大まかな地形や道は十分に分かる。

「今回進むルートはこの赤い線で示してあるところで、帝国に入ってから二日後に山にある細い道を通るらしいの。地図ではこの部分ね。ここが崖と隣り合わせらしくて、そこで魔物に襲われて馬車ごと崖下に転落したように見せたいのだけれど……」

死亡を偽装するには現実的な方法だな。死体を捜索できないのだから。

「問題はそんなに都合よく魔物が来るのかってことと、どのタイミングでアンが馬車から脱出するのかだな」

「ええ、それで――」

アンはそこで言葉を切ると、俺をじっと見つめてからレベッカに視線を向けて、ベッドから立ち上がった。

「リュカにだけ話したいことがあるわ。レベッカ、ごめんなさい。少しだけ二人で話をしても良いかしら……」

アンの申し訳なさそうな表情に、レベッカは躊躇いを見せずに頷いた。

「分かったわ。わたしは部屋を出ていればいい？」

「ええ、お願いしても良いかしら？」

アンのその言葉にレベッカが立ち上がって部屋から出て行ったところで、アンは俺に顔を近づけて小さな声で衝撃的な言葉を口にした。

「――リュカって、神の眷属よね？」

その言葉を聞いて、しばらくは何も反応できなかった。

なんで知っているのか、どこでバレたのか、国王も知ってるのか、そんな質問が頭の中をぐるぐると巡り口が動かない。

「………」

「突然こんなことを聞いてごめんなさい」

「……あ、あの、それって他の人は……」

「私しか知らないわ」

その言葉を聞いたところで、心から安堵して体に入っていた変な力が抜けた。とりあえず、俺が眷属だってことが広く知られてしまったわけではなさそうだ。

それを認識したところで次に湧き上がってくる疑問は、なんでアンがその事実を知っているのかだ。

「前に会った時、俺が何かをやらかしてた…………いや、違うか。もしかして……」

話しながらアンが俺の正体に気づいている理由に思い当たり、俺は瞳を見開いてアンのことを凝視した。

アンはそんな俺に向かってにっこりと笑みを浮かべてから、また口を開く。

「――私も、眷属なの」

予想通りの、信じられない言葉だった。

「そんなことって、あるんだな……」

「私も驚いたわ。それで、レベッカにはこのことって話しているの？　もし秘密にしていたらと思って、レベッカには話を聞かないようにしてもらったのだけれど」

「そういうことだったのか。レベッカには話をしてるから、俺は大丈夫だ。もしアンさえ良ければ、レベッカにも話を聞いてもらいたい」

その言葉にアンは嬉しそうに微笑み、部屋のドアに向かって声を掛けた。

「レベッカ、そこにいるかしら。ドアを開けるわね」

「終わったの？」

ドアから顔を出したレベッカは、俺とアンの顔を交互に見て少しだけ不安そうだ。今回は仕方がないとはいえ、こんな表情をさせないようにと思ってたのにな……。

「話は終わっていないのだけど、リュカにレベッカにも話をして良いと言われたから、一緒に聞いてくれるかしら？」

「レベッカにも聞いて欲しいんだ」

俺たちのその言葉を聞いて、レベッカは不安そうな表情を緩ませて頷いた。

「もちろんよ」

それからレベッカがさっきの場所に座り直し、アンが先ほどと同じ言葉を口にすると……レベッカはよほど衝撃だったのか、口をぽかんと開いたまま固まってしまった。

そんなレベッカが思考を整理するのを待つ間に、気になっていたことをアンに質問する。

「アンはなんで俺が眷属だって気づいたんだ？　やっぱりスタンピードの消滅？」

「ええ、スタンピード中のダンジョンに入ってダンジョンコアを破壊したということは、大地の神の眷属を倒したということ。それができる存在は十中八九眷属だろうと思って、女神様にリュカとレベッカのことを見てもらったわ。そうしたらリュカが神域に入るところを捉えたって女神様が……勝手な真似をしてごめんなさい」

申し訳なさそうに首をすくめるアンを見て、俺はすぐ首を横に振った。

「謝る必要はないよ」

セレミース様にも、この街に他の神の眷属がいたらバレるかもとは言われていた。あの時はまさかそんなことないだろうと思っていたが、知り合いが眷属だったとは。人生で一番に匹敵する驚きだ。

「アンはどの神様の眷属なんだ？」

この答え次第ではアンと対立する可能性もあるのかと緊張しつつ問いかけると、アンは誇らしげに口を開いた。

「生の女神、ミローラ様よ。リュカは平和の女神様かしら」

「凄いな、そこまで分かるのか。その通り俺は平和の女神、セレミース様の眷属だ」

「良かった。それならば仲間になっても問題はないわね」

生の女神様の眷属とは仲良くなれるんじゃないかって、前にセレミース様が言ってたはずだ。

「対立するようなことにならなくて良かった」

俺とアンが二人でそのことについて喜び合っていると、やっとレベッカが事態を飲み込めてきたのか立ち上がって口を開いた。

「ま、待って！　じゃあここには……眷属が二人もいるって、こと？」

周囲の部屋への配慮か後半の声を小さく発したレベッカは、頷いた俺たちを見てストンとベッドに戻った。

「なんだか、凄すぎてよく分らなくなってきたかも。眷属ってそんなにたくさんいるものだっけ……？」

「いや、世界中で十人までだな」

「だよね……！　なんでここに二人も！」

「いや、それは俺も同じ気持ちだ」

「ふふっ、混乱してるわね。ところで私から提案があるのだけれど、ここだと周囲に人がいないとも限らないし、神域で続きの話をするのはどうかしら？　ミローラ様が全員を連れてきても良いと仰ってるわ」

「え、俺も⁉」

他の神の神域にも行けるのか……。

でも行くからには、ちゃんとセレミース様に連絡した方がいいだろう。

「ちょっとセレミース様と話をしてもいい？」

「もちろんよ」

アンが頷いてくれたのを確認して、すぐセレミース様に呼びかけた。

『セレミース様、今って下界を見てますか？』

『見てないけれど、何かあったの？』

『緊急事態です。俺が今いる場所を見て欲しいのですが』

その言葉から少しだけ無言の時が過ぎ、水鏡に移動したのだろうセレミース様から声が返ってきた。

『見たわよ。レベッカ以外にもう一人女性がいるわね』

『はい。その女性はこれから仲間になるのですが、実は……生の女神様の眷属みたいなんです』

『――そんなことがあるのかしら』

セレミース様は相当驚いたのか、しばらく無言の時が過ぎてから神妙な声を発した。

『俺も驚きましたが、スタンピードの騒動で俺がセレミース様の眷属だと気づいたみたいです。それで……俺って生の女神様の神域に行ってもいいのでしょうか？　全員で来てもいいと仰ってくれているみたいで』

『ミローラとは対立していないし別に構わないけれど……これからすぐに行くの？』

『はい』

『それならば、私も行こうかしら』

え、神様同士も神域を行き来できるのか⁉

『そういうことって、可能なのですね』

『色々と条件があるのだけれど、この場合は可能だと思うわ。眷属同士に交流があって、互いの眷属からそれぞれの神に相手の存在を伝えていて、さらには互いの神が了承すれば行けるはずよ。ミローラの眷属に伝えてちょうだい。私がそちらへ行きたいと思っていることを、ミローラに伝えるようにと』

『分かりました。少しだけ待っていてください』

セレミース様との話が終わったところでその内容をアンに伝えると、アンは二柱が一緒にいて話しているところを見られるなんてと瞳を輝かせながら、セレミース様の頼みに快く頷いてくれた。

そして問題なくセレミース様とミローラ様の間が繋がったところで、俺たちも神域に向かうことにする。

「二人とも、私の手を握ってくれるかしら」

「もちろん」

「よろしくな」

ミローラ様はどういう方なんだろうか。セレミース様の神域とは違う空間が広がっているのだろうか。

そんな想像をして胸を高鳴らせながら、アンの温かい手を取った。

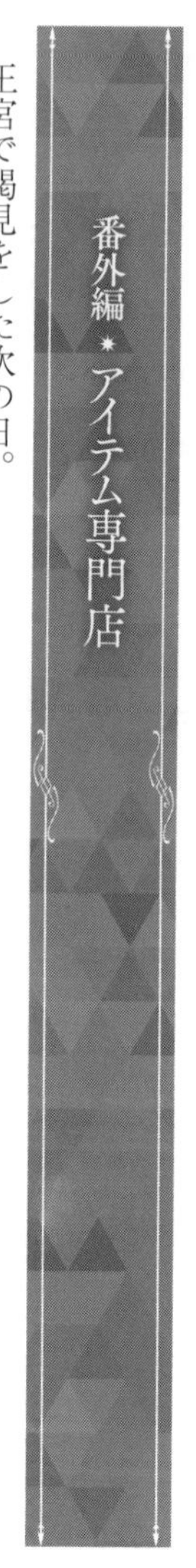

番外編＊アイテム専門店

王宮で謁見をした次の日。

まだ依頼を受ける気分にもなれず、二人で街中を散策することにした。

「どこか行きたい場所はある？」

「そうね……まだお昼には早いわよね？」

「そうだな。あと一時間以上はある」

アンは大通りをゆっくりと見回しながら、顎に手を当てて考え込んだ。

毎日毎日依頼に追われてた時はやりたいことがたくさんあったが、いざ時間があるとなると行きたい場所が思いつかない。

「武器と防具はいいのがもらえたし、服は今ので十分なのよね。――あっ！」

何かを思いついたのか、レベッカは表情を輝かせて顔ごと俺の方を向いた。

「ダンジョンのアイテムを売ってるお店に行くのはどう？　凄く高くてとても買えないからって行ったことがないんだけど、今なら買えるわよね！」

確かに……お金は褒美でたくさんもらったから買えるな。

「それいいかも」

ダンジョンから出るアイテムを買えるという現実に心が浮き立つ。どんなものが売ってるんだろうか、俺も今まで入店したこともない。

「そうと決まったら早く行くわよ！」

「そうだな」

俺たちはアンの今後を知って落ち込んでいた気持ちを一時的にでも回復させ、二人で有名なアイテム専門店に向かった。

そのお店は大通りに大型の店舗を構えていて、店の入り口には警備としてガタイのいい男性が二人配置されていた。価値の高いものを多く扱っているからだろう。

「おおっ、凄いな」

「こんなにたくさん売ってるのね」

店内には天井まで続く大きな棚が壁面全てを埋め尽くし、見ただけでは何か分からないアイテムが所狭しと並べられている。壁面以外にもワゴンがたくさん置かれ、その上には似た効果のあるアイテムがまとまって置かれているようだ。

「ちゃんとアイテムの名称と効果も書いてあるのね」

「これを全部見て回るのは大変だな」

「あっ、奥にガラスケースに入れられてるアイテムもあるわ。あっちは高いやつなのかも」

「本当だ。とりあえず……入り口近くから見ていくか」

まずは店に入ってすぐの場所にあるワゴンからと商品を覗いてみると、そこには多種多様な色をした小さな葉っぱが並べられていた。

「染色草だって。面白いわね」

一日だけ葉っぱの色に服の色を変えられるのだそうだ。色を変える方法は服の上に葉っぱを一枚置き、そこに水を数滴垂らすだけ。

「使い捨てらしいけど、一つで銅貨一枚なら安いな」

「いくつか買うわよ。シャツの色を変えられたら気分が変わりそうだもの。これって布製の鞄にも使えるかしら。この綺麗な青色なんて、鞄にしたら良さそうじゃない？」

「確かにいいな。このオレンジはレベッカの上着にどう？」

「いいわね。こっちの薄い緑はリュカのシャツにいいと思うわ」

カラフルな色からそれぞれに合いそうなものを選ぶのは楽しくて、次々と葉っぱを籠に入れていく。

「凄くたくさんになったわね」

「本当だな……まあ安いし、使い捨てだからな」

単価が安いものってたくさん買ってしまい、最終的にはかなりの金額になってしまう。

「そうよね。じゃあ次を見にいきましょう！」

レベッカが足取り軽く向かったのは、壁面の棚にたくさん並べられた羽根ペンのコーナーだ。

「リュカ、この羽根ペン面白いわ！」

「今どき羽根ペンっていうのも珍しいな……え、宙に書けるの？」

「そうみたい。やってみてもいいのかしら……あっ、店員さん。すみませーん！」

レベッカが声をかけたのは、品出しをしている若い女性の店員だ。

「はい。いかがいたしましたか？」

「この羽根ペンって使ってみることはできますか？」

「もちろんです。見本がありますので、そちらをお持ちしますね」

女性が裏に下がってすぐに戻ってくると、トレーには羽根ペンが三本並んでいた。

「こちらが黒、こちらがピンク、こちらが白でございます。街中などで使われるならば白の方が見やすいですし、街の外でならば黒の方がおすすめです。ピンクは比較的どんな場所でもハッキリと認識できます」

「ありがとうございます。このボタンを押している時だけ書けるんですよね」

「はい。そして基本的には壊れるまでお使いいただけます。しかし書いた文字などは数分で消えてしまいますので、そこはご注意ください」

店員さんがトレーを差し出してくれたので、俺は白のインクのペン、レベッカはピンクのインクのペンを手に取った。

そしてボタンを押して恐る恐る書いてみると……不思議なことに、本当に宙に線が描かれていく。ただボタンを押している間は線が描かれ続けるので、文字を書くのは少し難しい。

「面白いわね。ただ数分で消えちゃうとなると、あんまり使い道が思い浮かばないわ」

「確かにな……これって紙には書けるのですか？」

「いえ、あくまでも宙に書かれるだけになりますので、紙に書こうとしても紙を動かせばその場に文字だけが残ります。こちらは貴族様や商会で働く方々など、綺麗な文字を紙に書きたいという方がお買い求めになられることが多いです」

確かにこれならいくらでも書き直せるもんな。それで上手く書けたら、普通のペンでその文字をなぞればいいのか。

「わたしたちには必要ないわね」

「そうだな……結構高いし」

どの色も同じ値段で金貨一枚だ。金貨一枚あれば一週間の食費になるぐらいだから、勿体ないと思ってしまう。

「他を見にいこうか。見本を持ってきてくださってありがとうございました」

「いえ、また何かありましたらお声がけください」

店員さんと別れて次に向かったのは、店の奥にあるガラスケースが並んでいる場所だ。そこには専属の店員がいて、俺たちをにこやかに迎えてくれる。

「いらっしゃいませ。ごゆっくりとご覧になってください。気になるものがございましたら、手に取っていただくことも可能ですのでお申し付けください」

「ありがとうございます」

ガラスケースの中を覗いてみると、さっきまでとは違ってとても心惹かれる用途のものがたくさんある。

「リュカ、見て見て。拡張カバンがあるわ」

「おおっ、本当だ！」

拡張カバンとは見た目よりも多くの物を収納できる鞄のことで、冒険者の憧れとなっている。

俺は神域に物を置けるが、わざわざ取りに行かないといけないのが大変だし、これがあったら便利だろう。レベッカも欲しいかな。

「値段は……うわ、やっぱり高いな」

一番安いやつは肩掛けタイプで容量は見た目の三倍。それで……白金貨一枚だ。

容量が見た目の十倍なんて高性能なやつは、白金貨三十枚らしい。かなり希少だから値段も跳ね上がるんだろう。

「……どうする？　買っちゃう？」

レベッカは拡張カバンにかなり惹かれているみたいだ。その気持ちは凄く分かる。褒美で白金貨を二百枚もらったから、今の俺たちなら買うことはできるな……。

二級以上の冒険者はお金をギルドに預けることもできるんだが、俺たちは預けずに持ち歩いているので、今この場で支払いが可能だ。白金貨のうち百五十枚は神域で、五十枚は俺とレベッカの鞄の中にある。

「一人一つ、安めのやつを買う……とか？」

その言葉を発した瞬間、レベッカの瞳が輝いた。さらには近くにいた店員さんの瞳も輝いた。

「そうしましょう！」

「お客様、もしよろしければお手に取ってご覧になりますか？」

「そうですね、よろしくお願いします」

それからいくつかの鞄を手に取って手触りなどを確認し、俺たちはそれぞれ見た目の五倍ほどの物が収納できる鞄を購入することにした。金額はどちらも白金貨五枚だ。

「お買い上げありがとうございます。他の商品もご覧になりますか？」

「はい。もう少し見て回りたいので、その鞄は取っておいてもらえますか？」

「もちろんでございます」

さすがに大きな買い物をしたからもう買わないかなと思いつつ、もう少し買い物を楽しもうとガラスケースをさらに見て回る。

荷車に付けると重量を半減させるアクセサリーや空を飛ぶ靴——しかし持ち主の意思に関係なく靴が自由に飛び回る。それから火吹き包丁——ボタンを押すと切っ先から小さな炎が吹き出すなど、便利なものや稀少だが使い勝手が悪いものなど、たくさんのアイテムが展示されている。

「どれも面白いな」

「ダンジョンに潜りたくなるわね。宝箱を開けてこういうのが出たら嬉しいわ。値段を見てる限り高く売れるだろうし」

「かなり確率は低いだろうけど、一攫千金の夢があるな。お、この辺は武器みたいだ」

「本当ね……って、待って！　これ凄い‼」

レベッカが大きな声をあげてガラスケースに顔を近づけた。

「わたしの見間違いじゃない？　千本って書いてある？」

「書いて……あるな」

レベッカが見つけたアイテムの名称は千本矢筒。普通サイズの矢筒なのに、矢が千本も収納できるらしい。

「すみません！　これって買えるんですか！」

さっきの男性を呼ぶと、男性はすぐに俺たちの下へやってきた。

「千本矢筒ですか。もちろんお買い上げいただけます。そちらはかなり稀少ですぐに買われてしまうので、お客様はとても幸運ですよ」

「やっぱりそうですよね！」

レベッカもう買う気みたいだが、値段は白金貨十五枚だ。

でもその価値はあるか……弓使いにとって矢が切れるのは致命的だから。

「リュカ……」

レベッカが窺うような視線で俺の顔を覗き込んできたので、俺は苦笑を浮かべつつ頷いた。するとレベッカはすぐに男性へと視線を戻し、矢筒の購入を告げる。

「かしこまりました。すぐにご用意させていただきます。まだお買い物は続けられますか？」

「いえ、もう大丈夫です」

これ以上見て回ってたらまた何かを買いたくなりそうだったので、ここで終わりにすることにした。なんだかんだこの店に一時間以上は滞在している。

上機嫌な男性店員は俺の言葉に頷くと、俺たちが買ったアイテムを高級そうなトレーに並べていった。

「たくさんご購入いただきましたので、染色草はサービスとさせていただきます。合計で白金貨二十五枚です」

「ありがとうございます。これでお願いします」

お金を支払ってアイテムを受け取り、店内にいた店員さん全員に見送られて店を後にした。

「たくさん買っちゃったわね」

「かなりお金を使ったな。また依頼を頑張って受けないと」

「そうね。今日の分を取り返せるぐらい頑張るわ！」

レベッカのやる気十分な様子を見ていたら、近いうちに今日の支払い金額ぐらいは取り返せるような気がしてくる。一級冒険者とはそれほどに凄い地位なのだ。

「この後は昼飯でいい？　そろそろお腹空いてきたし」

「そうね。最近流行ってるお店が路地を入ったところにあるんだけど、そこに行かない？　鉄板焼きのお店らしいわ」

「おおっ、いいな。じゃあそこにするか」

「了解。案内するわね」

それから俺とレベッカは、鉄板焼きの店に向かって足取り軽く歩みを進めた。料理はとても美味しく、今日は最高の休日となった。

あとがき

本書をお手に取ってくださった皆様、ありがとうございます。

今作で長編シリーズは三つ目となり、初めましての方はあまりいらっしゃらないでしょうか。ただ私としてはこの本が大きく広がって新規の読者の方がたくさんお手に取ってくださっていることを夢見ているので、初対面の方にご挨拶をさせてください。

初めまして、蒼井美紗と申します。

リュカの物語は楽しんでいただけたでしょうか。今までの拙作を読んでくださっている方は分かると思うのですが、私は今までスローライフ系の物語や飯テロ、もふもふなど癒されるお話を中心に書いてきました。

しかし今回はここまで読んでくださった皆様はご存知の通り、そういう要素はほとんどありません。かっこいいバトルやリュカたちの冒険を楽しんでいただく物語となっております。

私としては最高に面白い物語だと思っているのですが、皆様にも同じように思っていただけるのか、このあとがきを書いている書籍の発売一ヶ月前にして、すでに緊張しています。

なので皆様、もし少しでも面白いと思ってくださいましたら、ぜひ感想などを書いていただけたら嬉しいです。一ヶ月後の私が飛び上がって喜びます。よろしくお願いいたします。

ではこんな話をしていたら緊張がより高まってしまうので、少しイラストについて話をさせてください。

今回のイラストはfixro2n先生が描いてくださったのですが、もう本っっ当に最高じゃないですか⁉　カッコいいですよね。可愛いですよね。美しいですよね。私は完成したイラストを送っていただくたびに、顔がニヤけていました。

やっぱりイラストを描いていただけるというのは、とても嬉しいです。自分が書いた物語が書籍となって嬉しいことはたくさんあるのですが、イラストは嬉しいことの上位にランクインします。

皆様もこのあとがきを読んでくださった後に、もう一度イラストを見返してみてください。最高に幸せになれます。カラーイラストのセレミース様とか最高じゃないですか？　大地の神の眷属のアースィムなんて、敵なのにカッコいい……！　ってなりませんか？

さらにリュカもカッコよすぎて、レベッカとアンは最高に可愛いですよね！

——と、なんだかイラストのことばかり語ってきましたが、もちろん本文にもお気に入りの場面はあります。私の中での最推しは、リュカとレベッカの子供時代の回想シーンですね。可愛くて初々しさもある二人のやり取りがとても好きです。

では長くなりましたが、今回はこの辺で失礼させていただきます。あとがきまで読んでくださって、ありがとうございました。また皆様とお会いできたら嬉しいです。

今作のために尽力してくださった担当編集様、fixro2n様、そして双葉社の皆様。またこの小説をお手に取ってくださった読者の皆様、本当にありがとうございます！

二〇二三年六月　蒼井美紗

本書に対するご意見、ご感想をお寄せください。

あて先

〒162-8540 東京都新宿区東五軒町3-28
双葉社　モンスター文庫編集部
「蒼井美紗先生」係／「fixro2n先生」係
もしくは monster@futabasha.co.jp まで

女神の代行者となった少年、盤上の王となる

2023年7月31日　第1刷発行

著　者　蒼井美紗

発行者　島野浩二

発行所　株式会社双葉社
〒162-8540　東京都新宿区東五軒町3番28号
[電話] 03-5261-4818（営業）　03-5261-4851（編集）
http://www.futabasha.co.jp/（双葉社の書籍・コミック・ムックが買えます）

印刷・製本所　三晃印刷株式会社

[電話] 03-5261-4822（製作部）
ISBN 978-4-575-24654-4 C0093

Mノベルス

魔王様、リトライ!

Maousama Retry!

神崎黒音 Kurone Kanzaki
[ill] 飯野まこと Makoto Iino

どこにでもいる社会人、大野晶は自身が運営するゲーム内の「魔王」と呼ばれるキャラにログインしたまま異世界へと飛ばされてしまう。そこで出会った片足が不自由な女の子と旅をし始めるが、圧倒的な力を持つ「魔王」を周囲が放っておくわけがなかった。魔王を討伐しようとする国や ら聖女から狙われ、一行は行く先々で騒動を巻き起こす。見た目は魔王、中身は一般人の勘違い系ファンタジー!

発行・株式会社　双葉社

Mノベルス

ハズレスキル『ガチャ』で追放された俺は、わがまま幼馴染を絶縁し覚醒する

~万能チートスキルをゲットして、目指せ楽々最強スローライフ!~

公爵家の五男に生まれたクレストは、家族内で肩身が狭く、幼馴染の婚約者には奴隷のように扱われていた。そんなクレストは、鑑定の儀で『ガチャ』という『スキルを獲得できるスキル』を手に入れた。これで家族内での立場が改善されると思っていた。しかし、使い方が分からず嘘をついていると思われ、魔物が跋扈する森に追放されてしまった――。追放された先で魔物を討伐した時『ガチャ』を使用するためのポイントが手に入っていることに気が付く。そこでポイントを貯めて回してみると、生活に便利なスキルや戦闘に使えるスキルなどを獲得することができた。クレストはそれらのスキルを使い自由で快適な生活を目指すことに……!

発行・株式会社　双葉社

モンスター文庫

異世界最強の嫁ですが、夜の戦いは俺の方が強いようです 1

〜知略を活かして成り上がるハーレム戦記〜

シンギョウ ガク
ill をん

異世界に転生したアルベルトはアレクサ王国で安泰な生活を目指していた。しかし、地上最強生物で鮮血鬼と呼ばれる鬼人族の女性マリーダに攫われ、しかも襲撃の手引きしたとして、王国から指名手配されてしまう。元の国に帰れなくなったアルベルトはエランシア帝国で生活していくことを決める。魅力的な肉体を持つマリーダとの営みなど良い思いをしつつ、現代知識を活かして、内政、軍事、謀略などで大きな功績を挙げる!? ちょっとエッチなハーレムコメディー開幕!

モンスター文庫

発行・株式会社　双葉社

モンスター文庫

超難関ダンジョンで10万年修行した結果、世界最強に ～最弱無能の下剋上～ 1

水 力
ill 瑠奈璃亜

【この世で一番の無能】カイ・ハイネマンは13歳でこのギフトを得た。しかし、ギフトの効果により、カイの身体能力は著しく低くなり、ギフト至上主義のラムールでは、蔑まれ、いじめられるようになる。カイは家から出ていくことになり、王都へ向かう途中襲われてしまい必死に逃げていると、ダンジョンに迷い込んでしまった——。そのダンジョンでは、『神々の試煉』をクリアしないと出ることができないようになっており、時間も進まないようになっていた。カイは死ぬような思いをしながら『神々の試煉』を10万年かけてクリアする。クリアする過程で個性的な強い仲間を得たりしながら、世界最強の存在になっていた——。かつて、無能と呼ばれた少年による爽快無双ファンタジー開幕！

モンスター文庫

発行・株式会社　双葉社